# Maisey Yates
## Pacto amargo

Editado por HARLEQUIN IBÉRICA, S.A.
Núñez de Balboa, 56
28001 Madrid

© 2011 Maisey Yates. Todos los derechos reservados.
PACTO AMARGO, N.º 2179 - 29.8.12
Título original: The Argentine's Price
Publicada originalmente por Mills & Boon®, Ltd., Londres.

Todos los derechos están reservados incluidos los de reproducción,
total o parcial. Esta edición ha sido publicada con permiso de
Harlequin Enterprises II BV.
Todos los personajes de este libro son ficticios. Cualquier parecido
con alguna persona, viva o muerta, es pura coincidencia.
® Harlequin, logotipo Harlequin y Bianca son marcas registradas
por Harlequin Books S.A.
® y ™ son marcas registradas por Harlequin Enterprises Limited y
sus filiales, utilizadas con licencia. Las marcas que lleven ® están
registradas en la Oficina Española de Patentes y Marcas y en otros
países.

I.S.B.N.: 978-84-687-0359-6
Depósito legal: M-20622-2012
Editor responsable: Luis Pugni
Fotomecánica: M.T. Color & Diseño, S.L. Las Rozas (Madrid)
Impresión en Black print CPI (Barcelona)
Fecha impresion para Argentina: 25.2.13
Distribuidor exclusivo para España: LOGISTA
Distribuidor para México: CODIPLYRSA
Distribuidores para Argentina: interior, BERTRAN, S.A.C. Vélez
Sársfield, 1950. Cap. Fed./ Buenos Aires y Gran Buenos Aires,
VACCARO SÁNCHEZ y Cía, S.A.
Distribuidor para Chile: DISTRIBUIDORA ALFA, S.A.

# Capítulo 1

P OR QUÉ estás comprando las acciones de mi empresa?

Vanessa aferró el bolso que llevaba en la mano e intentó hacer caso omiso del calor y de la tensión que sentía en el estómago. El hombre alto y de traje negro al que había formulado la pregunta era Lázaro Marino, su primer amor, su primera decepción amorosa y, al parecer, el responsable de un intento de OPA hostil a la empresa de su familia.

Lázaro la miró y dio su copa de champán a la rubia esbelta que se encontraba a su izquierda. Se la dio de un modo tan desdeñoso como si la tuviera por poco más que un posavasos con un vestido caro. Vanessa lo notó y se dijo que, por lo menos, ella era algo más para él; aunque solo fuera porque habían estado a punto de acostarse en cierta ocasión.

Al pensarlo, su mente se llenó de imágenes tórridas y sus mejillas se tiñeron de rubor. Lázaro tenía ese efecto en Vanessa; llevaba treinta segundos a su lado y ya había conseguido que extrañara su cuerpo.

Nerviosa, clavó la vista en el cuadro que adornaba la pared para escapar de sus inteligentes y oscuros ojos; pero siguió sintiendo la fuerza de su mirada y tuvo la sensación de que la sangre le hervía en las venas.

A pesar del tiempo transcurrido, la presencia de Lázaro la arrastró a un verano muy concreto de su adolescencia, cuando ella tenía dieciséis años y todas las mañanas se sentaba y se dedicaba a observar al chico que trabajaba en el jardín.

El chico con el que le habían prohibido que hablara.

El chico que, al final, le infundió el valor necesario para romper las normas impuestas por su familia.

Por desgracia para Vanessa, aquel chico se había convertido en un hombre que aún tenía la capacidad de acelerarle el pulso. Se excitaba por el simple hecho de ver una fotografía suya en alguna revista. Y si lo veía en persona, era peor.

—Hola, señorita Pickett...

Un mechón del cabello de Lázaro cayó hacia delante. Vanessa tuvo la certeza de que no había sido un accidente. Tenía aspecto de haber dormido poco y haberse arreglado a toda prisa. De hecho, cualquiera habría pensado que se había limitado a pasarse una mano por el pelo y a ponerse un traje de mil dólares.

Y, por alguna razón, le resultó increíblemente sexy.

Tal vez, porque al preguntarse por el motivo de sus prisas matinales, imaginó lo que habría estado haciendo en la cama y deseó haberla compartido con él.

Pero no quería pensar en esos términos. No podía cometer el mismo error. Ya no era una adolescente inexperta que confundía el deseo sexual con el amor; ni Lázaro, por otra parte, tenía ningún poder sobre ella.

Ahora, el poder era suyo.

—Por favor, Lázaro, llámame Vanessa... al fin y al cabo, somos viejos amigos.

Él soltó una risotada profunda y ronca.

—¿Viejos amigos? No es precisamente la definición que yo habría elegido, pero si te empeñas... está bien, serás Vanessa para mí.

Vanessa notó que su acento había mejorado bastante, aunque todavía pronunciaba su nombre como antes, acariciando las sílabas con la lengua y consiguiendo que pareciera asombrosamente sexy.

Además, los años le habían sentado bien. Era más atractivo a los treinta que a los dieciocho. Su mandíbula era más fuerte y sus hombros, más anchos. Pero en todo lo demás era igual, sin más excepción que su nariz, ligeramente hundida.

Vanessa supuso que se la habrían partido en una pelea. Siempre había sido un hombre apasionado, en todos los sentidos posibles. Ella lo sabía muy bien; porque al final, después de esperar mucho tiempo, había conseguido sentir toda la fuerza de aquella pasión.

Solo se habían acostado una vez, pero Lázaro consiguió que se sintiera la única mujer del mundo y el ser más precioso de la Tierra.

Vanessa dio un paso atrás, aferró el bolso con más fuerza que antes e intentó que su voz sonara tranquila y natural.

—Me gustaría hablar contigo —dijo.

Él arqueó una ceja.

—¿Hablar? Pensaba que estabas aquí para socializar.

–No, he venido para hablar contigo.

Lázaro le dedicó una sonrisa irónica.

–Pero a pesar de ello, estoy seguro de que habrás donado algo a la organización del acto... te recuerdo que es una gala benéfica.

Vanessa se mordió el labio inferior y redobló los esfuerzos por mantener la compostura. De haber podido, habría alcanzado una copa de champán y le habría tirado su contenido a la cara; pero no estaba allí por eso.

–Por supuesto que sí, Lázaro; he dejado un cheque al entrar.

–Qué generosa...

Vanessa lanzó una mirada rápida al grupo de mujeres, todas preciosas, que estaban junto a él. Reconoció a algunas, aunque no las había tratado mucho. Su padre siempre se había opuesto a que se relacionara con personas de lo que él consideraba una clase social inferior.

Personas como el propio Lázaro.

–Tenemos que hablar –insistió ella–. Sin público.

–Como quieras. Por aquí, querida...

Él le puso una mano en la espalda y ella se maldijo para sus adentros. Había elegido un vestido tan abierto por detrás que la mano de Lázaro entró en contacto con su piel. Una mano cálida que todavía entonces, a pesar de tantos años de trabajo de oficina, mantenía las durezas del trabajo físico. Una mano que recordaba perfectamente porque le había acariciado la cara y todo el cuerpo, de arriba abajo.

Vanessa se estremeció, pero su reacción le pasó desapercibida a Lázaro porque acababan de salir del edificio y hacía fresco.

La enorme terraza del museo de arte estaba iluminada por los farolillos de papel que habían colgado para decorarla. En las esquinas más oscuras se veían parejas que aprovechaban la intimidad del lugar para besarse o charlar en privado; pero era una intimidad ficticia, porque había periodistas e invitados por todas partes.

Vanessa pensó que su padre le habría prohibido que asistiera a un acto como aquel. La discreción siempre había sido el elemento central de su escala de valores. Y también lo era de la escala de valores de su hija.

Pero estaba allí de todas formas. No tenía más remedio. Necesitaba hablar con Lázaro sobre Pickett Industries, porque sospechaba que no estaba comprando las acciones de la empresa por puro altruismo.

Al llegar a la barandilla, él se apoyó y dijo:

–¿Tenías algo que preguntar?

Ella se giró hacia él y adoptó una expresión lo más natural posible.

–¿Por qué estás comprando las acciones de mi empresa?

–Ah, ¿ya lo sabes? –Lázaro sonrió–. Me sorprende que te hayas dado cuenta tan pronto.

–No soy estúpida, Lázaro. De repente, todos mis accionistas están vendiendo sus títulos a tres corporaciones diferentes que tienen un apellido en común: Marino.

–Veo que te he subestimado...

Lázaro la miró con intensidad, como si esperara un estallido de indignación. Pero Vanessa no le iba a dar ese placer.

–No me importa que me subestimes; de hecho, me da igual lo que pienses de mí. Solo quiero saber por qué te has empeñado en tener tantas acciones de Pickett Industries como mi familia y yo.

La sonrisa de Lázaro adquirió un fondo cruel y completamente carente de humor, aunque no perdió ni un ápice de su devastador atractivo.

–Pensé que apreciarías la ironía...
–¿La ironía? ¿Qué ironía?
–Que yo, precisamente, me convierta en copropietario de tu empresa. Que una sociedad tan antigua y tan respetada entre la élite pase a manos del hijo de una simple criada –respondió–. Es maravilloso, ¿no te parece?

Ella lo miró a los ojos y se quedó sin aliento al reconocer la profundidad y la oscuridad de sus emociones. Fue entonces cuando se dio cuenta de que se había metido en una trampa. Y sintió el deseo de huir y de olvidar para siempre a Lázaro.

Pero no podía. Pickett Industries era responsabilidad suya. Ella era la única persona que podía encontrar una solución.

Su padre había sido muy claro al respecto. El asunto estaba en sus manos. Si no convencía a Lázaro, lo perderían todo.

–¿Insinúas que estás comprando las acciones por diversión? ¿Por el simple placer de satisfacer tu sentido de la ironía?

Él rio.

–No tengo tiempo para hacer ese tipo de cosas por diversión, Vanessa. No habría llegado adonde estoy si fuera tan irresponsable... Quizás no lo recuerdes pero, a diferencia de ti, yo no heredé mi dinero ni mi posición social. No me los sirvieron en bandeja de plata.

Vanessa pensó que Pickett Industries tampoco había sido un premio para ella. Bien al contrario, era una carga que había asumido por el bien de su padre y, sobre todo, por Thomas; porque sabía que su hermano habría asumido la dirección de la empresa con la profesionalidad, la dignidad y la amabilidad que había demostrado siempre.

–Entonces, ¿por qué lo haces?

–Pickett se hunde, Vanessa; lo sabes de sobra. Tus beneficios han caído tanto en los tres últimos años que ahora estás en números rojos.

–Son cosas que pasan, cosas cíclicas –se defendió–. Además, es lógico que nuestra producción se reduzca en tiempos de crisis económica.

–El problema no es la economía, sino que Pickett Industries está anclada en el pasado. Los tiempos cambian...

–Ya. Pero, dime, si realmente crees que mi empresa se está hundiendo, ¿por qué inviertes tu dinero en sus acciones?

–Porque es una oportunidad y porque soy un hombre que no desaprovecha las oportunidades –contestó.

Vanessa supo que sus palabras tenían un sentido doble y se estremeció. Al hablar de oportunidades, Lázaro no se refería únicamente a su empresa, sino también a ella.

–¿Y qué pretendes hacer con mis acciones?

–Eso depende... supongo que las podría usar para echarte de la dirección.

Vanessa se sintió como si le hubieran tirado un cubo de agua fría.

–¿Echarme? ¿Por qué?

–Porque Pickett Industries es demasiado para ti. Esa empresa no ha dejado de tener pérdidas desde que asumiste el cargo... Los accionistas necesitan a un persona que sepa lo que hace.

–He estado trabajando en un plan que cambiará las cosas.

–¿Durante tres años? –ironizó–. Me sorprende que tu padre no te haya echado.

Ella se puso tensa.

–No me puede echar. Cuando me nombraron directora, firmó un acuerdo para evitar ese tipo de situaciones. A los miembros de la junta directiva les pareció que ese tipo de diferencias no serían buenas para nadie.

Vanessa sabía que no era un genio de los negocios, pero dirigía la empresa con dedicación y lealtad absolutas. Lo hacía por su padre, que en general no tenía queja de su trabajo. Y, sobre todo, lo hacía por Thomas, su difunto hermano.

Jamás olvidaría el día de su muerte. Ella tenía trece años cuando su padre la llamó para que fuera a su despacho. Allí le informó de lo sucedido y le dijo que las responsabilidades de Thomas serían suyas a partir de ese momento.

Y Vanessa no le podía fallar. No iba a permitir que Pickett Industries se hundiera. Al fin y al cabo, había sido el sueño de su hermano de sonrisa fácil, del hermano que siempre tenía tiempo para ella, del que siempre le había demostrado su afecto.

–El mercado ha cambiado y la competencia es más dura que nunca –continuó–. Admito que la empresa de mi familia está pasando por un momento difícil, pero no vamos a trasladar nuestra producción al tercer mundo. Nos quedaremos aquí y mantendremos los puestos de trabajo de nuestros empleados.

–Una intención digna de elogio, aunque poco práctica.

Vanessa pensó que Lázaro tenía razón. Las empresas como Pickett Industries no podían competir con los salarios bajos de otros países. Sabía que estaba luchando por una causa perdida; pero la mayoría de sus empleados llevaban veinte años con ellos y no quería dejarlos en la estacada.

–Puede que sea poco práctica, pero no se me ocurre nada mejor.

–¿Que no se te ocurre nada mejor? Eso me intranquiliza, Vanessa. Te recuerdo que ahora soy accionista de Pickett Industries.

Ella entrecerró los ojos.

–¿Qué quieres de mí, Lázaro?

–Sinceramente, nada. Aunque me divierte el hecho de que tu empresa se encuentre ahora en mis manos.

–¿No decías que no estabas comprando las acciones por diversión? –replicó.

–Por supuesto que no. Esto es un negocio –replicó con firmeza–. Pero tiene su gracia, ¿no te parece? Cuando éramos niños, mi madre era la criada de tu padre, que le pagaba un sueldo de miseria... y ahora, en cambio, tengo dinero de sobra para comprar vuestras propiedades y vuestra empresa.

—Ah, comprendo. Estás comprando esas acciones porque nos quieres someter a tu voluntad.

—¿Como Michael Pickett con mi madre y con tantos otros?

Ella se mordió el labio. Conocía a su padre y sabía que había sido un hombre implacable, pero era todo lo que tenía, toda la familia que le quedaba.

—No voy a decir que sea perfecto, pero ahora es un anciano y... bueno, Pickett Industries significa mucho para él.

Lázaro la miró en silencio durante unos segundos y dijo:

—¿Qué es más importante, Vanessa? ¿El negocio? ¿O la tradición?

Vanesa pensó que, si le hubiera preguntado a su padre, probablemente habría contestado lo segundo. Se había casado con una mujer de la aristocracia y quería que su hija mantuviera su estatus social y se casara con un hombre de su misma clase. A los hombres como él no les importaban ni la integridad ni el trabajo. Solo querían mantener un modo de vida que estaba tan anticuado como sus prácticas empresariales.

—El negocio, sin duda. Pero estamos hablando de Pickett Industries —le recordó—. Mi familia la ha dirigido durante décadas... si nosotros nos vamos, no sería lo mismo.

—Claro que no sería lo mismo. Se convertiría en una empresa nueva y moderna, justo lo que tu padre no pudo conseguir. Vuestros sistemas no han cambiado nada en treinta años. Están completamente anticuados.

Ella carraspeó.

—Tal vez. Pero no sé qué más puedo hacer.

A Lázaro no le sorprendió que Vanessa confesara su impotencia con tanta facilidad. No era precisamente la típica directiva de una empresa grande. En más de un sentido, le seguía pareciendo la chica encantadora de dieciséis años que se sentaba en el gigantesco jardín de la casa de su familia, con un biquini rosa que despertaba sus fantasías juveniles, y se dedicaba a observarlo.

Lázaro sabía que se sentía atraída por él, pero suponía que era un gesto de rebeldía contra su padre. Nada podía molestar tanto a Michael Pickett como el hecho de que su hija se encaprichara de un chico pobre y, además, inmigrante.

Desgraciadamente, la dulzura y la belleza de Vanessa terminaron por seducirlo. Pero tardó poco en descubrir que había estado jugando con él. Lo dejó bien claro la noche en que lo rechazó. Y esa misma noche, aunque más tarde, se despertó en un callejón con la nariz rota. Unos matones de Michael Pickett le dieron una paliza como advertencia, para que no se acercara nunca más a su heredera.

Al día siguiente, Michael despidió a la madre de Lázaro, logró que la desahuciaran de su piso y la dejó en la calle sin trabajo y sin esperanza de conseguir otro. Fue el principio de una etapa muy dura para los Marino. Sin embargo, él no se quejaba; con el tiempo, había llegado a la cumbre. Su madre nunca había tenido esa oportunidad.

Al pensar en su madre, apretó los puños con fuerza e intentó contener la rabia. Aquella familia le había hecho sufrir un infierno.

–Pickett Industries se puede salvar. Y yo sé cómo.
Ella entrecerró los ojos.
–¿Lo sabes?
–Naturalmente. He hecho mi fortuna a base de salvar empresas que parecían acabadas. Aunque te supongo al tanto.
–¿Cómo no? Casi no hay día en que tus logros no aparezcan en la portada de la revista *Forbes*...
–En cualquier caso, la puedo salvar.
–Sustituyéndome por otra persona...
–No necesariamente.
–¿Ahora vas a tener piedad de mí? –ironizó Vanessa–. Discúlpame, pero no te creo.

El corazón de Lázaro se aceleró. Allí, delante de él, con su cabello castaño recogido en un moño cuya discreción contrastaba con el corte increíblemente sexy de su vestido de noche, estaba la clave de su plan maestro. El último paso que le faltaba para que se le abrieran las puertas de la alta sociedad.

Lázaro era millonario, pero necesitaba los contactos de los Pickett para que su poder fuera absoluto. Además, quería ver la cara de Michael cuando tomara posesión de su empresa y de su hija.

Por fin se le presentaba la oportunidad de vengarse. Del hombre que los había dejado a su madre y a él en la calle, sin dinero y sin casa, condenados a los rigores del invierno de Boston. Del culpable de que su madre perdiera lentamente sus fuerzas y falleciera en un refugio para personas sin hogar.

Apretó los dientes y pensó en todo lo que podía conseguir si se casaba con Vanessa. A lo largo de los años, había considerado muchas veces la posibilidad de casarse con alguna mujer de la élite de Estados Unidos; pero siempre rechazaba a las candidatas. En el fondo de su corazón, seguía enamorado de aquella adolescente de biquini rosa y de los besos que se habían dado una noche.

Ahora podía matar dos pájaros de un tiro. Daría satisfacción a su necesidad de llegar a lo más alto y al deseo que sentía por ella.

Porque deseaba a Vanessa. No la había dejado de desear en ningún momento de los doce años transcurridos desde que se vieron por última vez. La había deseado cuando se acostaba con otras mujeres y la había deseado en sus días de soledad.

Y estaba a punto de ser suya.

–Te ayudaré, Vanessa.

Ella lo miró con desconcierto.

–¿Me ayudarás?

–Sí, pero mi ayuda tiene un precio.

Vanessa alzó la barbilla, orgullosa.

–¿Qué precio?

Lázaro dio un paso adelante. Después, llevó las manos a su cara y sintió una descarga de energía tan intensa que se excitó de inmediato. Por lo visto, Vanessa todavía tenía poder sobre su cuerpo. Pero él también lo tenía sobre el de ella, como pudo comprobar por el rubor de sus mejillas.

–Que te cases conmigo.

# Capítulo 2

¿ES QUE TE has vuelto loco?

Vanessa lanzó una mirada rápida hacia atrás para asegurarse de que nadie los estaba mirando. Si su padre llegaba a saber que se había reunido con Lázaro Marino, se enfadaría tanto que la repudiaría como hija y encontraría la forma de quitarle la dirección de Pickett Industries.

–En absoluto.

–Lo digo muy en serio, Lázaro. ¿Es que te has dado un golpe en la cabeza? Nunca fuiste el hombre más refinado del mundo, pero parecías lúcido.

–Y lo soy. No te finjas ajena a la idea de casarte con alguien por conveniencia.

Vanessa no tenía intención de fingir. Su padre le había presentado a todos los hombres con los que había salido. En algún lugar de su despacho, siempre había un sobre con un nombre adecuado para ella, de la familia correcta, con las credenciales correctas y la reputación correcta.

Pero ella no quería eso; en el fondo, seguía siendo la adolescente romántica de dieciséis años empeñada en que la quisieran por su forma de ser, no por su cuenta bancaria. Lamentablemente, su padre no era de la misma opinión. Había encontrado al hombre perfecto, Craig Freeman, y estaba decidido a que se casara con él.

Hasta entonces, Vanessa había conseguido retrasar el matrimonio; primero, con la excusa de sus estudios universitarios y después, con las exigencias de dirigir Pickett Industries. Pero la sombra de Craig se alzaba en su futuro inmediato.

—No, no soy ajena a ese concepto —admitió—, aunque eso no significa que me guste. Y no quiero casarme contigo.

—¿Querer? ¿Crees que tiene algo que ver con nuestros deseos? ¿Crees que yo me quiero casar? No, Vanessa, esto es una simple y pura cuestión de necesidad. Hace tiempo que soy consciente de que, si quiero entrar en la élite del país, tengo que casarme con una mujer de buena familia... y tú eres la mejor de las candidatas.

—¿Seguro que no te has dado un golpe en la cabeza?

—Seguro.

—Pues tampoco recordaba que fueras tan canalla.

—La gente cambia con el tiempo. Tú tampoco eres quien fuiste, ¿no?

—No.

Vanessa mintió; al menos, en parte. El encuentro con Lázaro había despertado en ella unos sentimientos que creía enterrados; sentimientos que solo la asaltaban en la intimidad de la noche, cuando estaba sola en su enorme y solitaria cama y soñaba con un hombre con quien podía compartir su amor y su vida, Lázaro Marino.

Pero todas las mañanas, al despertar, la realidad

borraba el sueño y la enfrentaba a la tortura de dirigir una empresa que se estaba hundiendo.

Además, también estaba el asunto de Craig. Su padre le había organizado un matrimonio con un hombre al que apenas conocía; entre otras cosas, porque la idea le disgustaba tanto que no se había molestado en conocerlo.

A sus dieciséis años, cuando conoció a Lázaro, descubrió que necesitaba el amor con todas sus fuerzas y creyó que lo podía conseguir. Fue un error. Se enamoró de él a simple vista. Le pareció especial, único. Pero ahora sabía que Lázaro Marino no era un hombre único, sino uno como tantos, obsesionado con el poder y el dinero.

En ese momento, él la miró con intensidad. Vanessa se sumergió en la profundidad de sus ojos oscuros e intentó recordar al chico que había sido.

De repente, el paisaje nocturno de la ciudad se desvaneció y ella se encontró en el pasado, doce años antes, en una noche de verano.


Vanessa miró hacia atrás para asegurarse de que su padre no los había visto. Fue un gesto puramente instintivo, porque su padre no salía nunca del despacho.

–No deberías hablar conmigo, Lázaro.

Él sonrió.

–¿Por qué no?

–Porque... ¿no tienes nada que hacer?

La cercanía de Lázaro la había puesto nerviosa. Pero lo había observado durante todo el verano y su deseo inicial se había convertido en algo más. Vivía para que él girara la cabeza en algún momento y le dedicara una mirada. Vivía por ver un destello de interés en aquellos ojos grandes y oscuros.

–No –respondió con una sonrisa de oreja a oreja–. Ya he terminado.

–Ah...

–Pero me quedaré a esperar a mi madre. Me iré con ella cuando termine su turno.

Vanessa se sintió súbitamente desprotegida con su biquini rosa, tan pequeño que ocultaba muy poco. No estaba acostumbrada a utilizar su cuerpo para llamar la atención de los hombres. Con Lázaro había hecho una excepción porque él era diferente, porque le hacía sentir de forma diferente.

Hablaron durante el resto de la tarde. Hablaron de sus estudios y de lo distintos que eran el instituto público de él y el colegio privado de ella. Hablaron de lo mucho que Lázaro quería a su madre y de lo mucho que Vanessa extrañaba a la suya. Y durante la conversación, descubrieron que les gustaban la misma comida y la misma música.

Hablaron todos los días de aquella semana. Cada vez que podían, se encontraban en algún lugar remoto de la propiedad, a salvo de miradas. Y al final de la semana, Vanessa se dio cuenta de cosas; la primera, que se había enamorado de él; la segunda, que su padre despediría a Lázaro y a su madre si se llegaba a enterar.

El mundo podía haber cambiado, pero Michael Pickett era un hombre de otros tiempos; creía en las diferencias de clase y solo se relacionaba con personas de su posición. No había ninguna posibilidad de que su corazón se ablandara. Ya había renunciado a muchas cosas y sacrificado muchos sueños por prepararse para dirigir su empresa, pero eso significaría tan poco para Michael como el hecho de que estuviera sinceramente enamorada de Lázaro.

Entre Lázaro y Vanessa había un abismo social infranqueable, aunque a ella no le importaba en absoluto. Y, en consecuencia, estaba dispuesta a correr el riesgo de que su padre los descubriera.

–Veámonos esta noche –dijo Lázaro un día–, donde nadie nos pueda ver.

Se habían escondido en una habitación de la casita de invitados, uno de los lugares más seguros de la propiedad.

–De acuerdo. Nos veremos aquí.

Vanessa estuvo el resto de la tarde intentando decidirse sobre la ropa. Se cambió cien veces. A fin de cuentas, era su primera cita. Mientras la mayoría de sus amigas ya habían perdido la virginidad, a ella ni siquiera la habían besado. Su padre la vigilaba tan de cerca que alejaba a todos sus pretendientes. Y por si eso fuera poco, había tomado la decisión de casarla en el futuro con un chico de buena familia, Craig Freeman.

Sin embargo, Craig no le preocupaba en ese momento. En primer lugar, porque se había marchado a estudiar a la Costa Oeste y, en segundo, porque no era un problema inminente, sino a largo plazo.

Al final, se decidió por lo que a su padre le habrían parecido un top demasiado ajustado y una falda demasiado corta. Pero ella no era su padre y no se vestía para gustarle a él.

Aquella noche, solo le importaba la aprobación de Lázaro.

Pocos minutos antes de la hora convenida, apagó la luz y salió del dormitorio. Su padre se había ido al club de campo y había pocas posibilidades de que volviera antes de la medianoche; pero a pesar de ello, Vanessa tomó todas las precauciones posibles.

Cuando llegó a la casita de invitados, Lázaro ya estaba allí.

—Has venido...

—Por supuesto.

Ella abrió abrió la puerta y lo invitó a entrar.

—No podemos encender la luz. Podrían vernos.

—No importa. No necesitamos luces.

Lázaro le puso una mano en la espalda y le acarició el cabello con la otra. Después, se inclinó sobre ella y le dio un beso en los labios.

El mundo se detuvo para Vanessa. Le pasó los brazos alrededor del cuello, entreabrió la boca y se concentró en la caricia de su lengua. No se parecía nada a las descripciones que le habían hecho sus amigas. Le habían contado que algunos chicos besaban muy mal, pero Lázaro era perfecto. Y se alegró de que fuera él y no el insípido Craig Freeman quien la besara por primera vez.

De repente, Lázaro rompió el contacto y la tomó de la mano.

—Vamos.

—¿Dónde? —preguntó, embriagada.

—A un lugar más cómodo.

Vanessa asintió y lo siguió hasta la parte interior de la casa, donde solo había dormitorios. Ella lo sabía perfectamente y se preguntó si estaba preparada para llegar tan lejos. Pero confiaba en él. Era distinto a los demás.

Por fin, Lázaro abrió una puerta. Vanessa miró la enorme cama y su corazón se aceleró por los nervios y la emoción.

–Bésame –dijo él.

Ella lo besó y sus preocupaciones desaparecieron a instante. Olía muy bien. Olía a limpio. No a colonia, como los chicos del club de campo, sino a jabón y a piel. A Lázaro.

Sin dejar de besarse, caminaron hacia la cama y se sentaron en ella. El beso se volvió más profundo y las caricias, más apasionadas. Vanessa ya no pensaba en nada más. Estaba tan concentrada en él que no se dio cuenta de que se estaban tumbando hasta que sintió el contacto de la cama en la espalda.

Entonces, le acarició el pelo y pensó que tenía que decírselo. Decirle que se había enamorado de él, que quería que aquel momento durara para siempre, que no le importaba lo que pensaran su padre o los demás.

Súbitamente, Lázaro le levantó el top lo justo para acariciarle el estómago. Ella se arqueó y él aprovechó la ocasión para besarla en el cuello.

Vanessa sintió un placer intenso que despertó sus necesidades y derrumbó sus muros. Siempre estaba sola. Desde la muerte de su hermano, tenía un vacío en el corazón que nadie podía llenar. Por lo menos, hasta que conoció a Lázaro.

Él le había devuelto la luz y la vida.

Cuando las manos de Lázaro se cerraron sobre sus

pechos, no protestó; se limitó a dejarse llevar y a disfrutar del momento. Pero unos segundos después, se levantó de la cama.

–¿Qué haces? –preguntó, extrañada.

–Buscar un preservativo.

Lázaro empezó a buscar en uno de los bolsillos de sus pantalones.

–¿Un preservativo? No, no... yo...

Vanessa se sentó, tan, asustada como dividida entre el miedo y la necesidad de hacer el amor con él.

–No, Lázaro... además, ¿qué pensaría la gente?

Los ojos de Lázaro se oscurecieron.

–¿La gente? –preguntó, claramente ofendido–. No sé lo que pensarán, aunque supongo que no pensarán nada... supongo que habrás hablado con los jardineros para que se mantengan alejados de aquí.

Ella se quedó atónita.

–¿Cómo?

–Bueno, es lo que hacéis en estos casos, ¿no?

–¿En estos casos?

–Vanessa, tú no eres la primera niña rica con la que me acuesto.

Vanessa deseó insultarle, pero se le había hecho un nudo en la garganta y no pudo hablar. En ese momento, solo deseaba acurrucarse en la cama y lamerse las heridas.

Lázaro la miró durante unos segundos y dijo:

–Está bien. Será mejor que me marche.

Él dio media vuelta y salió de la habitación. Vanessa comprendió que Lázaro había reaccionado de esa forma porque su comentario sobre la gente le había ofendido de algún modo.

Pero no hizo nada por detenerlo.

Pensó que se volverían a ver al día siguiente y que, entonces, arreglarían las cosas.

Lamentablemente, no se volvieron a ver.

Lázaro desapareció y Vanessa llegó a la conclusión de que ella no significaba nada para él, de que solo buscaba sexo. Pero, a pesar de ello, no lo olvidó.

Y aquella era la primera noche que se veían desde su encuentro en la casita de invitados.

–Tienes pocas opciones, Vanessa. Si quieres que Pickett Industries se salve, tendrás que casarte conmigo.

–No. Me niego a casarme por conveniencia.

–Eso me resulta difícil de creer...

–¿En serio?

Él asintió.

–Por supuesto que sí. No pretenderás convencerme de que tu padre va a permitir que te cases por amor, ¿verdad?

Ella sacudió la cabeza.

–No, pero... es complicado.

–Ya me lo imagino.

Vanessa intentó mantener la calma.

–No puedo casarme contigo, Lázaro.

–¿Por qué? ¿Es que te has comprometido con algún niñato de la alta sociedad? ¿O es que estás esperando a que alguno caiga en tus redes?

–En las redes de mi padre, querrás decir –puntualizó–. Ya sabes cómo es; nunca deja cabos sueltos.

–Ah, Michael ya te ha buscado esposo...

–Sí.
–¿Y lo amas?
–No.

Vanessa decidió ser sincera. No estaba enamorada de Craig Freeman. Incluso había hecho planes para librarse de él; aunque por lo que sabía, Craig estaba tan poco interesado en su matrimonio como ella misma.

–Pues no lo entiendo, Vanessa. Si habías aceptado un matrimonio de conveniencia con otro hombre, ¿por qué lo rechazas conmigo?

Ella respiró hondo. Esta vez no le podía decir la verdad. Casarse con Craig por interés era muy distinto a casarse con Lázaro por el mismo motivo. Craig no le aceleraba el pulso ni despertaba su deseo; Lázaro, en cambio, sí.

–Porque no puedo ir más lejos contigo sin saber antes lo que pretendes –contestó–. ¿A qué viene esto?

–A que los amigos de tu padre se niegan a hacer negocios con un hombre como yo. Prefieren dejar que sus empresas se hundan lentamente mientras ellos fuman puros en sus clubs de campo.

–No creo que tengan nada contra ti. Simplemente, mi padre y sus amigos pertenecen a un mundo viejo y sus valores son tan viejos y tan decrépitos como ellos mismos –observó Vanessa.

–En eso te equivocas. Se niegan a tratar conmigo porque me desprecian; porque no pertenezco a su clase social.

–Tonterías...

–Vamos, Vanessa, no lo niegues. Lo sabes tan bien como yo.

Vanessa no insistió. Sabía que Lázaro estaba en lo cierto.

–¿Y crees que cambiarían de actitud si te casas conmigo?

Lázaro soltó una risita.

–Bueno, estoy seguro de que me ganaría su respeto si me convirtiera en el yerno de Michael Pickett.

–Salvo que mi padre me desherede por casarme contigo en lugar de casarme con el hombre que ha elegido para mí.

–¿Sería capaz?

Ella lo consideró un momento y respondió:

–No, no sería capaz. Ha invertido demasiado en mí y, por si eso fuera poco, tengo más acciones de la empresa que él... si me desheredara y me expulsara de la familia, perdería Pickett Industries.

–Pero existe la posibilidad de Pickett Industries se hunda antes...

Ella volvió a sacudir la cabeza. No podía perder la empresa por la que tanto había trabajado y por la que había renunciado a tanto.

–No. Esa no es una opción posible.

–Y no te vas a arriesgar a perderla...

–Claro que no.

–Entonces, cásate conmigo.

–Sería una locura, Lázaro.

–¿Más que el matrimonio que te ha buscado Michael?

–Sí –replicó.

Lázaro apretó los dientes. No le extrañó que respondiera de ese modo. Ella era una princesa y él, el hijo de una simple criada. Nunca había olvidado lo que le dijo aquella noche, en la casita de invitados, cuando se disponían a hacer el amor. Lo miró con espanto y preguntó qué pensaría la gente. Qué pensarían los suyos, la alta sociedad.

Habían pasado muchos años desde entonces; pero, por lo visto, Vanessa se seguía creyendo mejor que él.

Y él la deseaba con la misma intensidad. Quería su cuerpo; quería terminar lo que habían empezado aquella noche. Quería a Vanessa desnuda, excitada, en la cama, gritando su nombre. Quería hacerla suya.

Cerró los puños y respiró hondo.

Casarse con Vanessa era lo mejor para Pickett Industries y para él mismo. Además, quería ver la cara de Michael cuando supiera que su única hija se iba a casar con el hombre al que había ordenado que dieran una paliza por atreverse a tocarla. Por tocarla con sus manos de trabajador, de inmigrante, de pobre.

–Te estoy ofreciendo una solución sencilla, Vanessa.

–¿Sencilla? ¿En qué mundo es sencillo el matrimonio? –preguntó con sarcasmo.

–En este. El mundo está lleno de matrimonios de conveniencia que funcionan extraordinariamente bien. Y no me vengas con objeciones morales, porque tú ya habías aceptado al candidato de tu padre.

–Pero con la intención de librarme de él. Si me caso, será por amor.

Él sonrió.

–El matrimonio es un contrato, Vanessa. No tiene sentido que se mezcle con el romanticismo.

Ella tragó saliva.

–Y tú nunca has sido un romántico...

Vanessa no lo dijo con tono de pregunta, sino como afirmación. Sabía que no era un romántico desde que se apartó de ella en la casita de invitados para buscar un preservativo en el bolsillo de sus pantalones. De hecho, le parecía irónico que Lázaro fuera el primer hombre que le ofrecía el matrimonio.

No podía negar que Pickett Industries se encontraba en una situación muy difícil. Si no hacía algo, se declararía en bancarrota, perdería el respeto de su padre y destrozaría un legado familiar que se había mantenido en pie durante más de un siglo.

Pero casarse con Lázaro Marino era como hacer un pacto con el diablo. Tenía un cuerpo tan magnífico que muchas mujeres habrían pagado por él. Y mientras contemplaba sus hombros anchos y su cara perfecta, supo que el suyo no podría ser un matrimonio de conveniencia como tantos. Le gustaba demasiado.

–Bueno, no tenemos que casarnos de inmediato –dijo él, sacándola de sus pensamientos.

–¿Ah, no?

–No. Primero hay que organizar la boda. Sobre todo, porque pretendo que nos casemos por todo lo alto.

–Veo que lo has pensado bien...

–En absoluto –declaró con una sonrisa–. Pero una boda de la alta sociedad tiene que estar a la altura.

Vanessa nunca había querido una boda con muchos invitados. Había asistido a bastantes bodas de ese tipo, más pensadas para impresionar a la gente que para celebrar la unión de dos personas. Por supuesto, sabía que Michael se habría empeñado en que su boda con Craig fuera un acontecimiento, pero nunca le había preocupado porque, en el fondo, estaba convencida de que no se llegarían a casar.

–¿Y qué piensas hacer hasta el día de la boda?

Él sonrió de nuevo y la miró con una calidez que reconoció al instante. La deseaba. Y el deseo de aquel hombre de veintiocho años era tan devastador como el deseo del chico de dieciséis que había sido.

Lázaro alzó una mano y le acarició la mejilla.

Ella sintió que las piernas le flaqueaban y que sus senos se volvían más pesados. Había pasado mucho tiempo desde la última vez que la habían tocado de ese modo, y mucho tiempo más desde que se había sentido de ese modo.

–Dedicarme a seducir a mi prometida –respondió Lázaro.

Su voz sonó tan ronca y profunda que a Vanessa se le hizo la boca agua. Quería seducirla. Quería hacerle el amor.

Inmediatamente, sus pensamientos retrocedieron a la noche en la casita de invitados, cuando él se levantó de la cama para buscar el preservativo. Ella también se quería acostar con él. Pero entonces estaba enamorada o, al menos, creía estar enamorada; porque a los dieciséis años, las chicas tendían a confundir el amor y el deseo.

–No me voy a acostar contigo, Lázaro. Apenas te conozco.

–Eso lo hace más divertido, ¿no crees?

–No, no lo creo.

–Oh, vamos, tranquilízate... el cortejo será una simple representación para tener contentos a la prensa y a mis futuros clientes. A la gente le fascinan las grandes historias de amor.

—Te recuerdo que los amigos de mi padre tampoco son unos románticos.

—Puede que no; pero es importante que nuestro amor parezca real.

—No sé, Lázaro...

—¿Qué es lo que no sabes? Has admitido que estás dispuesta a hacer cualquier cosa por salvar Pickett Industries.

—Pero ¿no hay otra forma de hacerlo? ¿Por qué tenemos que casarnos?

Él suspiró.

—¿Y por qué insistes tú en rechazar esa solución? ¿Por qué te niegas a que te ofrezca la ayuda y los conocimientos que pueden salvar tu empresa? ¿Porque hago contigo lo mismo que tu padre y sus amigos han hecho con otros?

—No, yo...

—Nada es gratis en esta vida. Nada.

—Lo sé.

La voz de Vanessa sonó apagada. Lo sabía muy bien. Conocía perfectamente el precio de elegir las responsabilidades por encima del deseo. Pickett Industries no era su sueño. Craig Freeman no era su sueño. Había aceptado la dirección de la empresa y se había mostrado dispuesta a casarse con Craig por su sentido del deber.

—En tal caso, ya conoces mis condiciones. Puedes aceptar mi oferta o rechazarla. Tú decides, Vanessa.

Ella se sintió como si la tierra se abriera bajo sus pies. Pero la tierra seguía donde siempre, como los farolillos que iluminaban la terraza y la gente que charlabà a su alrededor, ajenos a sus problemas personales.

Jamás habría imaginado que llegaría a caer tan bajo.

Jamás habría pensado que sería capaz de casarse con un hombre por dinero y poder.

Sin embargo, sabía que no se iba a casar exactamente por eso. Se iba a casar por su reputación, que quedaría manchada para siempre si llegaba a perder Pickett Industries a manos de un hombre como Lázaro. Y se sentía como si se estuviera vendiendo.

–Muy bien. Acepto.

La expresión de Lázaro no cambió. Siguió mirándola fijamente, con intensidad. Pero ella notó un cambió leve en la energía que irradiaba.

–Una decisión inteligente, Vanessa.

Vanessa lo miró y pensó que, para él, era una simple cuestión de negocios. Se iban a casar porque le convenía.

Si quería sobrevivir a aquel matrimonio, tendría que hacer lo mismo. De lo contrario, le rompería el corazón.

–No tengo muchas opciones, ¿verdad?

Lázaro sacudió la cabeza.

–No, esta es la única que asegura un final feliz para tu empresa. Y tú eres una mujer lista. Sabes que los resultados son lo único que importa.

Vanessa no era la mujer que Lázaro creía; ella no pensaba así. Pero se dijo que haría un esfuerzo y que intentaría ser esa mujer, porque era quien iba a sacar la empresa familiar del pozo donde se estaba hundiendo.

Asintió, lo miró a los ojos y dijo:

–Sí. Eso es lo único que importa.

# Capítulo 3

VANESSA tuvo una intensa sensación de irrealidad cuando despertó a la mañana siguiente y recordó que se había comprometido con Lázaro Merino. Era tan surrealista como un cuadro de Dalí. Pero, por surrealista que fuera, era cierto.

La sensación de irrealidad se mantuvo hasta que llegó a la oficina. Era tan temprano que el sol empezaba a asomar tras los rascacielos de Boston. Vanessa alcanzó su móvil y sacó una fotografía del paisaje. Pensó que habría quedado mejor con una cámara, pero nunca encontraba el momento de comprar una. Pickett Industries no le dejaba ni un segundo libre para sus pasatiempos.

Se inclinó hacia delante, apoyó los codos en la fría superficie de la mesa y respiró hondo. Era consciente de que su compromiso matrimonial con Lázaro Merino empeoraría su falta de tiempo, pero había tomado una decisión y no había vuelta atrás.

Entonces, súbitamente, la sensación de irrealidad se transformó en un acceso de euforia.

La amenaza de casarse con Craig Freedom había desaparecido de su futuro. Ya no iría de su brazo al altar, sino del brazo de un hombre que la excitaba; del hombre que la había enseñado a romper las normas.

Fue un sentimiento liberador y terrorífico a la vez. De haber podido, se habría regodeado en la rebeldía que acababa de recuperar. Pero no podía; seguía siendo la directora de Pickett Industries.

Y estaba a punto de casarse.

Al pensar en ello, se acordó del obstáculo que quedaba en su camino. Su padre no reaccionaría bien cuando supiera que, en lugar de casarse con Craig, se iba a casar con Lázaro. Su ira sería monumental. Pero la empresa se encontraba entre la espada y la pared y Vanessa supuso que, al final, Michael entraría en razón. A fin de cuentas, era lo único que podía salvar el legado de la familia.

En ese momento, llamaron a la puerta.

—Adelante...

La puerta se abrió y Vanessa se estremeció. Lázaro siempre se las arreglaba para estremecerla. Tanto si habían transcurrido doce años como si solo habían pasado doce horas desde su encuentro anterior.

—Buenos días —dijo él.

—No tan buenos... ¿qué te trae por aquí?

Lázaro le dedicó una sonrisa absolutamente encantadora.

—Solo he venido a ver a mi preciosa novia.

Vanessa se dio cuenta de que hablaba con ironía, pero eso no impidió que su corazón se acelerara al instante.

—Ya. ¿Qué haces aquí?

—Quiero hablar contigo de ciertos detalles.

—¿Detalles?

—Quiero que firmemos un acuerdo prematrimonial.

Ella asintió.

–Ya me lo había imaginado.

Vanessa tragó saliva y se preguntó si sería capaz no solo de casarse con aquel hombre, sino de vivir con él y de compartir su cama con él.

La perspectiva le daba tanto miedo que le faltó poco para echarse atrás. Pero se mantuvo en silencio porque el precio era demasiado alto. Habría perdido la empresa y todo lo que la convertía en Vanessa Pickett.

–Compréndelo –dijo él–. No espero que nuestro matrimonio sea una bendición.

–¿Ah, no?

–No, pero espero que te comportes con tanta lealtad y tanto compromiso como el cónyuge de un político.

–¿Qué significa eso? –preguntó, confundida.

–Cada vez que un político se mete en un lío, su cónyuge se mantiene a su lado como si la vida le fuera en ello. Es su trabajo. Este matrimonio será tu trabajo.

–¿Es que tienes intención de meterte en líos? –ironizó.

Él sacudió la cabeza.

–Ni mucho menos. Solo espero que me seas leal en cualquier circunstancia, pase lo que pase –respondió–. No me importa que nos separemos en algún momento de nuestra relación; pero de cara al público, te comportarás como si fuéramos una pareja feliz.

–¿Puedo hacerte una pregunta?

–Por supuesto.

–¿Tu discurso sobre la lealtad incluye la obligación de permanecer a tu lado si me la pegas con otra mujer?

–Naturalmente. Como yo permaneceré al tuyo en cualquier caso –contestó con frialdad–. No sé si dentro de treinta años nos soportaremos, pero sé que tú seguirás conmigo.

Treinta años. La cifra asustó a Vanessa hasta el extremo de que casi no podía respirar. Su matrimonio no iba a ser un acuerdo temporal. Lázaro estaba hablando de toda una vida, de toda su vida.

Una vez más, consideró la posibilidad de rechazarlo y de seguir adelante por su cuenta. Y una vez más, guardó silencio. Sin Lázaro Merino, la empresa de su familia se hundiría inexorablemente y ella perdería su puesto de trabajo y su relación con su padre. No podía romper la promesa que le había hecho cuando Thomas murió; la promesa de dedicarse en cuerpo y alma a Pickett Industries.

Además, su vida estaba tan ligada a esas alturas con la empresa que no habría sabido qué hacer sin ella.

Pero el acuerdo matrimonial tenía otras complicaciones. Vanessa quería tener hijos y estaba segura de que él también quería. Si se casaba con él, sus hijos serían los hijos de Lázaro. Y de repente, el despacho le pareció increíblemente pequeño y su prometido, increíblemente alto y grande.

–No, yo no quiero eso –acertó a decir.
–¿A qué te refieres?
–Tendrás que ser leal conmigo, Lázaro.
–Ya te he dicho que lo seré...
–Me refiero a las mujeres. Si nos casamos, no mantendrás relaciones con otras.

Mientras hablaba, Vanessa se dio cuenta de que

no tenía derecho a pedirle eso. Al fin y al cabo, no se iban a casar por amor, sino por conveniencia. Sin embargo, se conocía lo suficiente como para saber que corría el peligro de enamorarse de él. Y buscó una excusa rápida para conseguir lo que quería.

–Querrás tener hijos, ¿verdad?

–Sí. Necesito tenerlos –respondió Lázaro.

–Entonces, yo necesito que me seas leal. No quiero que nuestros hijos crezcan en un ambiente de infidelidades y mentiras.

Lázaro apretó los dientes.

–Está bien. Respetaré nuestros votos.

–Y yo respetaré los míos –le prometió–. Aunque la nuestra sea una relación distante, fría y sin sexo, me quedaré a tu lado.

–Qué prometedor... –dijo en tono de broma.

–¿Es que esperabas otra cosa? Me has ofrecido un matrimonio por conveniencia y será exactamente lo que tengamos. No espero que te enamores de mí, pero espero que me respetes. Y abstenerte de tener amantes me parece una forma excelente de respeto.

–¿Y tú también me demostrarás ese respeto?

–Desde luego.

–Y no me rechazarás cuando vaya a tu cama.

Vanessa se llevó una mano al estómago. De repente, se sentía como si lo tuviera lleno de mariposas.

–Después de la boda, no.

Él volvió a asentir.

–De acuerdo, esperaré hasta entonces. ¿Eso es todo?

–No. Queda un problema por resolver. Mi padre.

–Ah, claro...
–No le va a gustar nada. Es obvio que, para casarme contigo, tendré que romper mi compromiso anterior.
–¿Era un compromiso en firme?
–No exactamente –Vanessa levantó una mano para que viera que no llevaba anillo de compromiso–. Pero teníamos un acuerdo.
–Seguro que tu padre se alegra cuando hables con él y le expliques los motivos que te llevan a dar ese paso.
–Lo dudo.
–¿Por qué?
–Porque no se lo voy a decir.
Él la miró con sorpresa y se mantuvo en silencio, esperando una explicación.
–No puedo decirle nada. No quiero que sepa hasta dónde han llegado las cosas... lo mal que está la empresa.
–Pero tendrá que saber lo que yo aporto a nuestro matrimonio... Quiero que sea consciente de que voy a reformar Pickett Industries de arriba a abajo. Quiero que sea consciente de que voy a salvar la empresa que él no pudo salvar.
–Lázaro...
–No me preocupa que te apuntes el triunfo y le digas que fuiste tú la que buscó mi ayuda –la interrumpió–, pero Michael debe saber que la salvación de Pickett Industries y su conversión en una empresa moderna y eficaz fue cosa mía.
La voz de Lázaro sonó dura, inflexible. Sabía que Michael se sentiría humillado por aceptar la ayuda de

un hombre de una clase social más baja. Y Vanessa no se lo podía recriminar. En la élite había muchas personas como su padre; personas que se creían mejor que el resto y que se dedicaban a malgastar sus fortunas en actividades que no les servían a nadie excepto a ellos mismos.

–Comprendo. Quieres demostrarle que ahora eres tú quien tienes el poder.

–El dinero es el poder, Vanessa. Sin dinero, no estaría donde estoy ni podría comprar tus acciones.

–Si el dinero lo es todo, ¿por qué te quieres casar conmigo? ¿Por qué no dejas las cosas como están?

Él arqueó una ceja.

–Porque ahora puedo tenerte. Y vas a ser mía.

Vanessa se estremeció.

–Así que seré otra prueba de lo lejos que has llegado...

–Sí, pero no te equivoques. No me siento en la necesidad de demostrar nada a nadie. Sencillamente, hay puertas que el dinero no me puede abrir. Casándome contigo, tendré poder económico y poder político.

La sangre hervía en las venas de Lázaro. Lo quería todo. Quería estar en la cúspide de todo. Quería estar a la altura del hombre que había ordenado que le dieran una paliza por tocar a su preciosa heredera.

Y quería que Vanessa fuera suya.

Quería satisfacer su deseo.

–Ten en cuenta que el modelo social de la aristocracia de Estados Unidos está tan anticuada como la forma de hacer negocios de tu padre.

–¿Y tú quieres derribar ese modelo? –le preguntó con sarcasmo.

–No, no quiero derribarlo. Quiero formar parte de él.

Ella giró la cabeza hacia la ventana y contempló los rascacielos de Boston.

–Y te molesta que no lo puedas conseguir sin mi ayuda, ¿verdad? Te molesta necesitarme.

Lázaro se puso tenso.

–¿Necesitarte? ¿Qué sabes tú de necesitar, Vanessa? Desconoces las verdaderas necesidades de la vida... Tu mayor preocupación es mantenerte al frente de una empresa valorada en muchos miles de millones de dólares. Discúlpame, pero nadie te obliga a aceptar nuestro acuerdo. Lo aceptas porque tú lo necesitas. Si lo rechazaras, no sería ninguna tragedia para nadie.

Ella se quedó callada, con los labios apretados, sin saber qué decir.

Lázaro se dijo que Vanessa era igual que su padre, capaz de hacer cualquier cosa para mantener los privilegios de su familia. Y se preguntó que pensaría si le decía en ese momento que le habían pegado una paliza por el simple delito de acercarse a ella. Qué pensaría al saber que su madre se había quedado en la calle y sin trabajo por decisión directa del gran Michael Pickett.

Pero cabía la posibilidad de que lo supiera.

Eso había sido lo peor de todo cuando se levantó sangrando aquella noche. Los golpes no le dolieron tanto como la posibilidad de que Vanessa hubiera sido cómplice de su padre. Incluso era posible que lo hubiera pedido ella misma para librarse de él.

Sin embargo, Lázaro no creía que fuera capaz de

llegar tan lejos. No era una diablesa; solo era una niña rica y desconsiderada.

Una preciosidad que seguía avivando su deseo.

—Sabes que no te puedo rechazar —dijo ella al fin—. Puede que a ti no te parezca importante, pero esta empresa es mi vida. Y, sinceramente, dudo que te importe tan poco como intentas hacerme creer. Tú también me necesitas.

—¿En serio?

—Sí.

—No te necesito a ti para acceder a tu clase social, Vanessa. Me podría casar con cualquiera como tú.

—Pero los dos sabemos que tienes otro motivo.

Lázaro no se molestó en negarlo.

—Es cierto. Admito que siento cierta satisfacción por el hecho de vengarme de la familia que dejó a mi madre sin trabajo.

Ella frunció el ceño.

—¿Qué quieres decir con eso?

—Que tu padre despidió a mi madre y que los dos terminamos en la calle —contestó—. Sí, no voy a negar que me satisface casarme contigo.

Vanessa lo miró con una tristeza infinita.

—No sabía nada...

—¿No? ¿Y qué pensaste? ¿Que mi madre y yo nos habíamos marchado de vacaciones? —preguntó, irónico.

—No lo sé...

Él se encogió de hombros.

—Bueno, eso es agua pasada. Naturalmente, tendremos que empezar a salir.

—¿A salir?

—Por supuesto. Necesitamos que nos vean juntos.

A Vanessa se le hizo un nudo en la garganta.

−¿Quieres que nos comportemos como novios de verdad?

−Sí. Y como buen novio, usaré contigo todas mis técnicas de seducción.

Lázaro la tomó su mano y se la llevó a los labios, aunque no llegó a besarla. Fue un gesto de caballero, sin el menor fondo erótico. Pero a Vanessa se lo pareció. Despertó emociones y pensamientos que le aceleraron el pulso y aumentaron automáticamente la temperatura de su cuerpo.

No se había sentido así desde los dieciséis años; desde que aquel mismo hombre, que entonces era un adolescente, la había tomado entre sus brazos.

Sacó fuerzas de flaqueza y rompió el contacto tan deprisa como pudo. Por mucho que Lázaro le gustara, ya no era el chico del que se había enamorado locamente, sino un canalla que la condenaba a un matrimonio donde ella sería poco más que un rehén.

−No es necesario que me seduzcas. Seduce a los medios de comunicación si quieres, pero no a mí. Cumpliré con mis obligaciones matrimoniales cuando nos hayamos casado. Hasta entonces, quiero que te mantengas bien lejos de mi boca.

Él la miró con enfado, pero se contuvo.

−No te preocupes, princesa. No te mancillaré en ningún sentido.

Vanessa se preguntó si había herido sus sentimientos y se sintió súbitamente culpable. Pero se dijo que Lázaro Marino no tenía sentimientos. Para él, ella solo era un cuerpo y un pase para acceder a la alta sociedad.

–Quiero que sepas una cosa, Vanessa.
–¿Cuál?
–Cuando hagamos el amor, no te parecerá una obligación matrimonial. Lo disfrutarás tanto como yo. Te lo garantizo.

Él le dedicó una mirada tan llena de pasión que habría derretido el hielo de la más fría de las mujeres.

Y ella no era ninguna santa.

Pero una vez más, se dijo que se limitaría a cumplir su parte del acuerdo, sin caer bajo el hechizo de Lázaro Marino.

–¿Eso es todo? –preguntó, tensa.

Él sacudió la cabeza.

–No, falta una cosa... Mañana por la noche, saldrás conmigo.

# Capítulo 4

—TENÍA que ser un Chevrolet, ¿verdad? –susurró Vanessa cuando Lázaro la ayudó a salir de la limusina.

Lázaro se dio cuenta de que la elección del coche no le había gustado nada. Lo llevaba escrito en la cara y en los ojos.

—Por supuesto que sí.

La noche era fresca y la acera estaba mojada porque había estado lloviendo. Pero Vanessa llevaba los brazos desnudos, unas medias de nailon que apenas le cubrían las piernas y unos zapatos de aguja que, en conjunto, desataron las fantasías de Lázaro. No podía estar más elegante ni más seductora.

Le puso una mano en la espalda, sobre la tela azul del vestido y, durante un momento, su mundo se redujo a Vanessa y al desafío que representaba. Tenía que hacer esfuerzos para no arrancarle la ropa y volver a sentir el contacto de su piel.

—Mi padre se enterará de esto antes de dos horas. Como mucho.

Él se puso tenso.

—¿Y le disgustará?

Ella le lanzó una mirada rápida.

—¿Tú qué crees?

Lázaro se encogió de hombros.

–No creo nada, pero aprenderá a acostumbrarse.

–Lo dudo mucho.

–Es mejor que quitarte la dirección de Pickett Industries. O que dejar que la empresa se hunda, ¿no te parece?

–Sí, tal vez.

Lázaro no esperó a que el portero del restaurante les abriera la puerta. La abrió él mismo y la acompañó al interior del local.

–¿La mesa de siempre, señor Marino? –preguntó un camarero.

–No, esta vez prefiero una de la parte delantera.

El camarero asintió.

–Por supuesto. Síganme, por favor.

Mientras seguían al camarero, ella miró a Lázaro con curiosidad y él le explicó el motivo de su petición.

–He elegido una mesa de la parte delantera porque quiero que nos vea todo el mundo –declaró en voz baja.

–Excelente –ironizó ella.

A Lázaro le molestó su actitud; era evidente que no quería que la vieran con él. Cuando llegaron a la mesa, ella se sentó y él se dirigió al camarero.

–Tráiganos lo que le parezca mejor.

–Por supuesto, señor Marino.

Lázaro se acomodó frente a Vanessa, que había empezado a dar golpecitos en el mantel, con nerviosismo.

–Podrías fingir que te diviertes. Y hasta podrías divertirte de verdad... te prometo que no se lo contaré a nadie.

Ella sonrió sin humor.

–Discúlpame, pero no me agrada la idea de casarme contigo por obligación.

–¿Por obligación? Te recuerdo que yo no te estoy obligando a nada. Has tomado una decisión y eres responsable de sus consecuencias.

–He tomado la única decisión que podía tomar –se defendió.

–Eso no es cierto. Podías rechazar mi oferta.

–No puedo.

Lázaro la miró con interés y preguntó:

–¿Tanto te importa tu estatus social?

–¿Y a ti? –contraatacó–. Te casas conmigo por eso.

–Sí, ese es el más importante de mis motivos; pero no lo niego ni actúo como si fuera una víctima de las circunstancias. Tú tienes algo que yo necesito y yo tengo algo que tú necesitas. Eso es todo. Nos utilizaremos el uno al otro y seguiremos adelante... pero, si quieres interpretar el papel de mártir durante unos meses, supongo que es asunto tuyo.

–Yo no interpreto ningún papel.

–Claro que sí.

–¿Me estás llamando hipócrita?

Lázaro se encogió de hombros.

–Si tanto te disgusta, toma una decisión distinta. Levántate ahora mismo y márchate, Vanessa. Aléjate de mí. Yo no haré nada por impedirlo.

Vanessa lo miró a los ojos y pensó que estaba en lo cierto. Culpar a Lázaro de sus problemas era lo más fácil, pero él no era responsable de la crisis de Pickett Industries ni la estaba obligando a casarse con él. Había aceptado su oferta por decisión propia, porque no soportaba la idea de perder la empresa.

–Tienes razón –admitió con una sonrisa forzada.

–¿Lo ves? No te ha costado decirlo...

–Ni puede que lo vuelva a decir. Pero tienes razón de todas formas. La decisión es mía y no me voy a echar atrás.

El camarero apareció entonces con la comida. Les sirvió dos platos de pescado blanco con verduras y una salsa de limón que estaba exquisita; pero ni la salsa de limón sirvió para que Vanessa dejara de ser consciente de la presencia de Lázaro.

Estaba demasiado cerca, demasiado presente. La estremecía por dentro, haciéndole recordar lo que se sentía al ser besada con una pasión que, en general, era más propia de las novelas románticas que de la realidad.

Minutos más tarde, se dio cuenta de que Claire Morgan se encontraba en el restaurante y que los miraba con interés. Claire era una cotilla de la peor especie. Lo había sido en el instituto, cuando eran jóvenes, y lo seguía siendo.

–¿Qué vamos a hacer ahora? –preguntó Vanessa, girándose hacia Lázaro–. ¿Esperar a que Claire corra la voz?

Él se encogió de hombros.

–A que la corra ella o cualquier persona que se haya fijado en nosotros... tu vieja amiga no es la única que nos ha visto. En el fondo del local hay una mesa llena de mujeres que no nos han quitado ojo desde que entramos.

A Vanessa no le extrañó en absoluto. Supuso que

estarían admirando a Lázaro, porque su atractivo y su elegancia masculina llamaban la atención de las mujeres.

–Seguro que están hablando sobre nuestra conversación –continuó en voz baja–. Imaginarán que te estoy diciendo lo guapa que estás, lo irresistible que es tu boca y cuánto me gustaría arrancarte ese vestido y hacerte el amor.

Lázaro llevó una mano a su cara y le acarició la mejilla. Vanessa, que se había quedado sin habla, sintió la súbita necesidad de pasarse la lengua por el labio inferior. Y al hacerlo, lamió los dedos de su acompañante.

–Sí, seguro que están diciendo eso –siguió hablando él–. Esas mujeres tienen mucha imaginación.

–¿Tú crees? –preguntó, alterada.

–Desde luego que lo creo. Y, al final de la noche, todo el mundo sabrá que tú y yo estamos saliendo.

–Al menos, profesionalmente...

–Dudo que nuestro encuentro les parezca profesional.

–¿Por qué?

–Porque no me miras como mirarías a un socio o a un compañero de trabajo. O al menos, espero que no los mires de esa forma... –bromeó.

–¿De qué forma?

Los labios de Lázaro se iluminaron con una sonrisa; pero en lugar de responder a su pregunta, dijo:

–¿Te ha gustado la cena?

–Sí, mucho.

–¿Te apetece un postre?

Vanessa sintió un escalofrío. En ese momento, el

único postre que le apetecía era sentir la boca y las manos de Lázaro en su cuerpo.

–No, gracias.

Poco después, el camarero apareció en la mesa y les dejó la cuenta. Lázaro ni siquiera se inmutó al ver el precio, claramente desorbitado; se limitó a pagar en metálico, dejar una propina y levantarse de la mesa.

–¿No crees que es una propina excesiva? –preguntó ella.

Él se encogió de hombros y le ofreció una mano, que Vanessa aceptó.

–En absoluto. Servir mesas es una ocupación desagradecida. Además, creo que hay que ser generosos con los que hacen un buen trabajo.

–Ah...

Vanessa se levantó, sorprendida. Nunca habría imaginado que Lázaro Marino fuera un hombre generoso.

–Yo he pasado por ahí, Vanessa. Y te aseguro que no he olvidado lo que se siente... He realizado casi todos los trabajos duros que se te puedan ocurrir. En mi caso, pude escapar de ellos. Pero la mayoría de la gente trabaja toda su vida sin más esperanza que la de pagar sus facturas y llegar a fin de mes.

–Nunca lo había pensado de ese modo...

Vanessa desconocía la pobreza. Había llevado una vida fácil, llena de lujos. Tenía todo lo que pudiera desear; y aunque su empresa se encontrara en dificultades, su forma de vida no estaba amenazada. A diferencia de Lázaro, nunca había tenido que trabajar para pagarse una casa o un coche.

–No, por supuesto que no –dijo él.
–¿Qué quieres decir?
–Lo que he dicho. Ya me imaginaba que no lo habrías pensado de ese modo.
–¿Me estás llamando esnob?
–¿Es que crees que no lo eres?

Vanessa se estremeció. La voz de Lázaro había sonado increíblemente fría y despectiva.

–No. No lo soy.
–¿Porque donas cheques en galas benéficas? –ironizó.
–No, yo...

Vanessa no pudo terminar la frase. Por increíble que le pareciera a ella misma, no se le había ocurrido que Lázaro habría tenido que trabajar muy duro para llegar adonde estaba. Sabía que procedía de una familia pobre y que estaba obligado a trabajar para ganarse la vida, pero nunca se había puesto en su lugar.

Súbitamente, Lázaro le puso un dedo bajo la barbilla y la obligó a mirarlo a los ojos.

–La gente espera que te bese.
–¿Qué gente? –preguntó, nerviosa.
–Nuestro público.

Ella tragó saliva.

–¿Y me vas a besar?

Él sacudió la cabeza, le puso una mano en el costado y la acarició.

–No.
–¿Por qué no? Si todo esto es un simple espectáculo...
–Pero no es un simple espectáculo, Vanessa –Lázaro le echó un mechón de cabello hacia atrás–. Te

recuerdo que eres mi futura esposa. Y quiero mostrarte el respeto que mereces... la discreción que mereces.

–Sí, claro...

Vanessa se quedó atónita y siguió atónita hasta que llegaron a la limusina, que los estaba esperando en el vado del restaurante. Pero más allá de su sorpresa, se sentía profundamente decepcionada. Lamentaba que Lázaro no la hubiera besado.

Mientras subían al coche, se maldijo para sus adentros por ser tan débil con él. Lázaro ya controlaba su vida profesional y la empresa de su familia; no podía permitir que también controlara su cuerpo.

Ni olvidar que no se iban a casar por amor, sino por conveniencia.

# Capítulo 5

ESPERO que hoy no estés muy ocupada.
Vanessa se sobresaltó al oír la voz y soltó el bolígrafo que tenía en la mano. Ni siquiera se dio cuenta de que lo había dejado caer en la taza de té.

Lázaro estaba en la entrada de su despacho.

—¿No crees que deberías llamar antes de entrar?

—Y he llamado. Pero estabas tan sumida en tus pensamientos que no te has dado ni cuenta —respondió.

Lázaro se acercó a la mesa y apoyó las manos en el respaldo del sillón que estaba libre.

—Quiero que me cuentes tus planes con Pickett Industries. Ahora soy tu accionista mayoritario y es lógico que me interesen.

—¿Lo dices en serio? Pensaba que eras tú quien me ibas a aleccionar sobre lo que tenemos que hacer... a fin de cuentas, ese es tu trabajo.

Lázaro asintió.

—Sí, ese es mi trabajo. ¿Y sabes por qué soy tan buen asesor? ¿Sabes por qué gano más dinero que cualquiera de los ejecutivos a los que ayudo?

—No. ¿Por qué? —preguntó con ironía.

—Porque no estoy anclado en el pasado. Porque no soy leal ni a las tradiciones ni a las convenciones. Porque no tengo prejuicios sobre los métodos empresariales.

Vanessa apretó los dientes.
–No podríamos ser distintos. Las tradiciones son importantes para mí. Y para mi padre, por cierto.
–En mi opinión, esa es la fuente de vuestros problemas.
–Quizás. Pero también es el motivo por el que hemos aguantado tanto tiempo.
–Hasta ahora, Vanessa. Necesitáis un cambio... He estado revisando los informes de los cinco últimos años y he descubierto algo que puede ser de tu interés.
–¿Ah, sí?
–La producción y las ventas de Pickett Industries empezaron a caer antes de que te hicieras cargo de la dirección. Por lo visto, tú no tienes la culpa de todo.
Vanessa se mordió el labio inferior y dijo:
–Eso ya lo sabía. Intenté explicarte que el mercado había cambiado y que...
–Y que la competencia se ha vuelto muy dura –la interrumpió–. Sí, es cierto. Si mantenéis el grueso de vuestra producción en los Estados Unidos, no tenéis ninguna posibilidad de sobrevivir. Pero podéis cambiar la oferta.
–¿La oferta?
Lázaro asintió.
–Pickett Industries ya no puede competir en la gama de productos más baratos, pero puede competir en la de productos de calidad, respetuosos con el medio ambiente y acordes a un modelo de desarrollo sostenible.
–No es mala idea...
–Por supuesto que no.

Vanessa buscó su bolígrafo para tomar algunas notas.

–¿Dónde he puesto...?

–Lo has metido en tu taza de té.

Ella bajó la mirada y se ruborizó, pero se recuperó rápidamente y sacó otro bolígrafo de un cajón.

–Tendríamos que hacer una campaña publicitaria muy agresiva...

–Y cambiar maquinaria y materiales –observó él–. Sería caro.

–Pues no se puede decir que me sobre el dinero.

–Entonces, pídeselo a tu futuro esposo.

Vanessa se ruborizó de nuevo.

–No.

–Tenemos un acuerdo, Vanessa. Y te aseguro que lo voy a cumplir.

–No lo dudo, pero no quiero empeñarme hasta ese punto... Y mucho menos, contigo.

–No sería un préstamo, sino un intercambio. Bastante justo.

–¿Justo? Me sentiría como si me estuvieras comprando –replicó.

–¿Debo interpretar entonces que quieres romper nuestro acuerdo?

Vanessa lo miró con frustración.

–No, yo...

–Porque, si no te casas conmigo, presionaré a la junta directiva de la empresa para que te sustituyan en el cargo.

Vanessa cerró los dedos sobre el bolígrafo.

–¿Siempre me vas a amenazar con tu poder? ¿Hasta el fin de nuestros días? Porque, si nuestro matrimonio va a ser así, no lo podré aguantar.

Lázaro se arrepintió de haberla presionado hasta ese punto. Las amenazas no eran su estilo; pero los Pickett despertaban en él una rabia profunda, un recordatorio de lo que se sentía al ser un desheredado y estar en manos de los poderosos.

–Mientras te atengas al acuerdo, no te tendrás que preocupar por eso.

–Me atendré.

Vanessa lo miró con incertidumbre y Lázaro quiso besar sus labios hasta que ella estuviera tan desesperada por hacerle el amor como él mismo. Por su actitud, no parecía que le estuviera manipulando. Su rubor y su nerviosismo eran sinceros. Pero Vanessa tenía la extraña habilidad de hacerle perder el control y no estaba dispuesto a permitirlo.

–Exacto, querida. Respetarás nuestro acuerdo. Porque si no lo respetas, haré uso de mi poder y te lo quitaré todo.

–Te creo, Lázaro. Pero ahora estás en mi despacho. Y el poder lo tengo yo.

–¿Qué vas a hacer? ¿Llamar a seguridad para que me saquen de aquí a la fuerza? –declaró con sarcasmo.

–¿Es necesario que lo haga?

–Si necesitas ayuda para enfrentarte a mí...

–No la necesito. Ya no soy una niña.

Él la volvió a mirar y pensó que eso era cierto. Ya no era una niña. Era una mujer extraordinariamente bella.

–¿Qué vas a hacer esta noche, Vanessa?

–No lo sé. Sospecho que me lo vas a decir tú.

El comentario molestó a Lázaro.

–¿Crees que quiero controlar todos los aspectos?
Vanessa se levantó de su sillón, apoyó las manos en las caderas y lo miró con furia.
–Sinceramente, no sé que creer.
–Vanessa, solo espero que me acompañes a los actos a los que deba acudir. También espero que me permitas usar tus contactos para cerrar acuerdos lucrativos. Y desde luego, espero esto...

Lázaro se acercó a ella, la tomó entre sus brazos y la besó.

Vanessa entreabrió los labios y le dejó hacer. Él no supo si reaccionaba así por asombro o porque lo deseaba, pero no se detuvo a analizarlo. Llevaba muchos años esperando ese momento.

Su boca sabía igual que la primera vez, tal como lo recordaba. Era un sabor único, inolvidable. El de la única mujer que le había hecho perder la cabeza; el de la única mujer que lo había rechazado en toda su vida; el de la única mujer que le había dejado huella.

Pero, en otros sentidos, había cambiado. Y para bien.

Cuando llevó las manos a su cintura, descubrió que Vanessa ya no era la adolescente de aquella noche en la casita de invitados. Sus curvas eran suaves, más femeninas y mucho más excitantes.


Vanessa pensó que solo la estaba besando para demostrarle que el poder era suyo, pero cambió de opinión al sentir el ligero temblor de sus manos y la súbita dureza de sus músculos. En realidad, el poder era de ella. Porque él la deseaba.

Lázaro dio un paso hacia delante, empujándola contra la mesa. El bolígrafo rodó sobre la superficie y cayó al suelo, pero a Vanessa no le importó. En ese momento no le importaba nada que no fuera lo que sentía; la pasión que amenazaba con consumir su mente y su cuerpo.

Entonces, él llevó las manos a sus senos y se los acarició por encima de la ropa. Vanessa se arqueó, incapaz de resistirse. Y fue precisamente esa incapacidad lo que le dio las fuerzas necesarias para romper el contacto. Se había prometido a sí misma que no se dejaría dominar por el deseo de tener a Lázaro.

–Va a ser más fácil de lo que pensaba –dijo él.

Ella lo miró con incomprensión.

–¿De qué estás hablando?

–De lo que sentimos el uno por el otro. Es obvio que me deseas tanto como yo a ti. Esa parte de nuestro matrimonio no será un problema.

Vanessa no pudo negar que tenía razón en lo tocante al sexo; ni habría podido negar que deseaba sus besos y sus caricias. Pero el matrimonio con Lázaro la iba a poner en una situación que detestaba con toda su alma. Se iba a acostar con ella porque era conveniente, porque tenía los contactos y el estatus que él necesitaba.

Se alejó de él, se sentó en el sillón y dijo:

–Tengo trabajo que hacer.

–Entonces, te dejo con tus cosas. ¿Quedamos esta noche?

–¿Qué quieres que hagamos?

–Será una sorpresa.

Vanessa lo siguió con la mirada mientras él salía

del despacho. No estaba segura de poder soportar otra sorpresa más de aquel hombre.

Lázaro tocó la cajita que llevaba en el bolsillo de la chaqueta y se maldijo para sus adentros. Estaba nervioso. Él, que no dudaba nunca, que confiaba en sí mismo en cualquier circunstancia, estaba nervioso.

Pero todo lo demás estaba saliendo según sus planes. Incluso había tenido un golpe de suerte que no esperaba.

La sorpresa que le había preparado a Vanessa era muy especial. Había quedado con ella en el museo de arte, donde pretendía ofrecerle formalmente el matrimonio. Y cuando llamó a la institución para alquilar sus salas y asegurarse de que estuvieran vacías, resultó que la encargada era amiga del padre de Vanessa. Antes de que terminara la noche, toda la alta sociedad de Boston, Michael Pickett incluido, sabría que se iban a casar.

Volvió a tocar la caja del bolsillo y se apoyó en la barandilla de la terraza. Poco después, oyó sonido de tacones en los mármoles del suelo y alzó la cabeza.

Vanessa caminaba hacia él.

Se había puesto elegante, tal como le había pedido. Llevaba un vestido rojo que enfatizaba sus curvas y carmín en los labios, del mismo color. Pero se había recogido su larga melena oscura en un moño y Lázaro lo lamentó al instante. Le gustaba más cuando se dejaba el pelo suelto. Le encantaba acariciar sus sedosos mechones.

–¿Y bien? ¿Qué hacemos aquí? –preguntó ella sin preámbulos.

—¿No lo adivinas?
—Ni siquiera me atrevo a adivinar lo que trama tu mente.

Él sacó la cajita y la dejó sobre la barandilla.

—Me pareció que el museo era un lugar perfecto para formalizar mi oferta.

Vanessa miró la cajita con mudo asombro.

—¿No vas a decir nada? –continuó él.

—¿Qué quieres que diga? Ya nos habíamos comprometido.

—Pero no te había regalado un anillo.

Ella hizo caso omiso del comentario.

—Me has dicho por qué estamos aquí, pero todavía no me has dicho por qué has elegido un sitio tan excesivo como este.

—Solo pretendía ser romántico...

—Sí, claro. Y que se enterara todo el mundo, ¿verdad?

—No lo voy a negar. Tu clase social es tan pequeña que, a estas horas, ya será la comidilla... espero que no te moleste.

—No me molesta en absoluto. Me habría molestado si tuviera grandes expectativas sobre nuestro matrimonio o sobre ti, pero no las tengo. A decir verdad, te creía capaz de enviarme ese anillo al despacho, con un mensajero.

Lázaro sonrió y le abrió una cajita. Contenía un anillo con un diamante.

—Espero que sea adecuado para una mujer de tu posición.

Vanessa admiró el enorme y cuadrado diamante, que refulgía con la luz de los farolillos de la terraza. En otras circunstancias, se habría sentido halagada.

Lázaro Marino, un hombre impresionante, se había molestado en alquilar un museo para pedirle el matrimonio y regalarle un anillo de compromiso. Pero su matrimonio iba a ser un fraude.

–¿Es que no te gusta?

–Al contrario. Es precioso. Perfecto.

–Entonces, póntelo –ordenó.

El tono seco de Lázaro irritó tanto a Vanessa que replicó con ira:

–Se supone que eres tú quien me lo tienes que poner.

Lázaro la tomó de la mano y le puso el anillo. Fue un contacto breve, pero suficiente para que ella se estremeciera.

–¿Cuántos quilates tiene? –preguntó Vanessa.

–¿Eso importa?

–El tamaño siempre importa.

Él apretó los dientes.

–Tiene los suficientes para satisfacerte.

Ella tragó saliva.

–Yo no estoy tan segura de eso.

–Ah, vaya... ¿Es que tu anterior prometido, ese niñato de la alta sociedad, te podría ofrecer más que yo? –contraatacó.

–Es posible –mintió ella.

Vanessa notó que su respuesta le había herido. La expresión de Lázaro cambió durante unos segundos y le recordó a la del chico al que ella había rechazado una noche, años atrás. Pero enseguida se volvió tan dura como el granito.

–Creo que ha llegado el momento de que hablemos con tu padre.

# Capítulo 6

YA ESTOY informado, Vanessa. Me lo han dicho esta mañana, en el club.

Vanessa tuvo que resistirse al deseo de bajar la cabeza y mirarse los pies, como si fuera una niña. Michael Pickett no era un hombre ni grande ni alto. Y, desde luego, nunca gritaba. Pero cuando usaba ese tono de voz, duro y apagado al mismo tiempo, lograba que se sintiera profundamente culpable.

–Bueno... todo ha sido bastante inesperado –acertó a decir.

–¿Y qué hay de tus obligaciones con Craig Freeman? ¿No significan nada?

–Quiero casarme con Lázaro, no con Craig.

Michael no se dejó engañar.

–¿En serio? ¿Esa es la vida que quieres? –preguntó con desconfianza.

–Yo...

–No seas estúpida, Vanessa. Este hombre es de una clase social inferior.

Lázaro se había mantenido en silencio hasta ese momento, pero el comentario de Michael le obligó a intervenir.

–Ten cuidado con lo que dices. Estás hablando con mi futura esposa –le advirtió.

—Y tú estás hablando de mi hija.
—Una hija a la que pusiste al frente de una empresa que se hunde. Deberías ser más razonable, Michael. Vanessa intenta salvar Pickett Industries y convertirla en la empresa moderna y eficaz que ni tú ni ninguno de los tuyos pudisteis conseguir.

Michael apretó los puños.

—No voy a aceptar órdenes de un hombre cuya madre barría los suelos de mi casa.

Lázaro se puso tenso, pero mantuvo el aplomo.

—Pero quizás las aceptes del hombre que se ha convertido en el accionista mayoritario de Pickett Industries... La Bolsa es un negocio interesante, ¿verdad? A la gente le ofrecen acciones y la gente las compra. Gente como yo.

—Puede que tengas dinero, pero nunca serás como nosotros. El dinero no compra la clase.

—Pero compra acciones.

Michael se giró hacia su hija.

—Vanessa, ¿tú sabías esto?

Ella asintió.

—Sí, lo sabía. Pero Lázaro y yo nos vamos a casar, de modo que la empresa seguirá siendo de la familia.

Michael Pickett se levantó del sillón, desesperado.

—Lo siento, Vanessa, pero no te voy a dar mis bendiciones.

—Ni yo he venido a pedírtelas. Estoy aquí para informarte, nada más.

Michael se mordió la lengua.

—¿Se puede saber qué quieres, papá? ¿Quieres que la empresa sobreviva? Porque, en ese caso, necesitamos la ayuda de Lázaro. Si le aceptas y le das la bienvenida a nuestra familia, Pickett Industries volverá a ser una empresa con éxito.

–¿Me estás amenazando, Vanessa?

–No, solo te estoy diciendo la verdad. Las cosas están así.

Lázaro pasó un brazo alrededor de la cintura de Vanessa y la sacó del despacho de su padre. Cuando ya habían salido de la casa, ella dijo:

–Gracias.

–¿Gracias? ¿Por qué?

–Por salir en mi defensa y fingir que yo tengo algo que ver en la salvación de Pickett Industries. Me has dejado en buen lugar.

Lázaro asintió y le abrió la portezuela de su deportivo azul. Después, se puso al volante, arrancó y se dirigieron de vuelta a Boston.

–¿Por qué te esfuerzas tanto por satisfacer a tu padre?

Ella lo miró.

–Porque es todo lo que tengo. Mi madre falleció cuando yo tenía cuatro años y mi hermano, cuando tenía trece. Thomas se iba a hacer cargo de la empresa. Era un chico brillante, que habría hecho un gran trabajo... pero me quedé sola y ahora está en mis manos. No puedo fracasar, Lázaro.

–¿Te gusta lo que haces?

–¿Y a ti?

Lázaro rio.

–Me gusta el dinero que saco con ello. Y me gusta resolver problemas, arreglar cosas, hacer que todo funcione mejor.

–Pues a mí no me gusta nada. Todas las mañanas,

tengo que tomar antiácidos para soportarlo –le confesó.

Vanessa fue la primera sorprendida por la confesión. Nunca se lo había dicho a nadie. Era la directora de una de las mayores y más conocidas empresas del país, pero odiaba su trabajo con todas sus fuerzas.

–Entonces, ¿por qué lo haces?

–Porque no tengo más remedio... no puedo permitir que el legado de mi familia desaparezca de la noche a la mañana. Lo hago por mi padre y por Thomas, pero también por los hijos que yo pueda tener. Lo hago porque es mi obligación.

–Comprendo.

–Pero no te preocupes por Michael. Aceptará nuestro matrimonio. Él tampoco tiene más remedio que aceptarlo.

–Lo sé.

Vanessa sacó su teléfono móvil y se puso a juguetear con él mientras hablaba. Hasta sacó una fotografía del anillo de compromiso, que brillaba bajo la luz de la tarde.

–¿Qué harías con tu vida si pudieras elegir? –preguntó él con curiosidad.

Ella sonrió.

–Hacer fotos.

–¿De qué?

Vanessa apoyó la cabeza en el respaldo del asiento y se relajó un poco.

–De todo.

–Bueno, puede que tengas tiempo libre en el futuro. Quizás no lo tengas para fotografiarlo todo, como dices, pero seguro que lo tendrás para fotografiar bastantes cosas.

Vanessa volvió a sonreír.

—Sí, es posible que tenga tiempo cuando salvemos la compañía.

—Lo tendrás.

—¿Sabes que eres el primero al que le cuento todo eso?

—Supongo que es un buen síntoma... los maridos deben saber cosas de sus esposas que nadie más sabe.

Vanessa se estremeció.

—Sí, supongo que lo es. Salvo por el hecho de que nuestro matrimonio no va a ser real.

—Va a ser completamente real —la contradijo.

—Pero sin amor.

—Eso es cierto.

—Y, sin amor, ningún matrimonio es real.

Lázaro le lanzó una mirada y Vanessa se puso las gafas para que no pudiera ver la expresión de sus ojos.

—Creo recordar que tampoco estabas enamorada del hombre con quien tu padre te había comprometido.

—No, no lo estaba. De hecho, nos conocemos muy poco... pero procuraba no pensar en ello.

—Pues esto no es diferente.

Vanessa pensó que se equivocaba. Era muy diferente. Con Craig Freeman nunca había sentido las cosas que sentía con Lázaro Marino.

—No, claro, no lo es.

Súbitamente, Lázaro cambió de conversación.

—¿Hay alguna posibilidad de que te tomes unas vacaciones cortas?

—¿De cuánto tiempo?

—Una semana. Estoy haciendo un trabajo para una empresa argentina y tengo que viajar a Buenos Aires.

—¿Y quieres que te acompañe?

—¿Se te ocurre una forma mejor de celebrar nuestro compromiso?

—No me voy a acostar contigo. Creo que lo dejé bien claro.

—Oh, sí, muy claro... aunque lo disimulaste notablemente bien cuando nos dimos ese beso —ironizó él.

—Un beso no es una relación sexual. Tiendes a confundir las dos cosas.

—Te aseguro que no las confundo en absoluto. Soy muy consciente de que besar no es lo mismo que hacer el amor.

—Me alegro, porque un simple beso no te da derecho a nada más. Yo no me acuesto con hombres que no conozco. Y si ese es el objetivo de tu invitación...

—No lo es, Vanessa; solo me pareció que llevarte de vacaciones sería un detalle bonito. Pero, si aquí eres más feliz, quédate.

Vanessa consideró las opciones que tenía. Por un lado, se podía quedar en el despacho, mirando las paredes; por otro, se podía marchar una semana entera a Argentina. La decisión era tan obvia que no lo dudó. Necesitaba escapar. Huir de la realidad, aunque fuera en compañía de Lázaro.

—Iré.

—Excelente. Así nos conoceremos mejor.

Buenos Aires resultó ser una ciudad fantástica, llena de energía. Vanessa no había visto nada parecido. Había viajado mucho antes de terminar secundaria, pero siempre en compañía de su padre y siempre en limusinas que, al final del trayecto, se detenían en complejos hoteleros de lujo.

Hasta entonces, no había tenido ocasión de conocer realmente otros países y otras culturas. Ni siquiera sabía lo que se había estado perdiendo.

Mientras admiraba los edificios y las luces de la ciudad, se giró hacia Lázaro, que viajaba con ella en el asiento trasero del vehículo y preguntó:

–¿Te criaste aquí?

–Sí. Nos marchamos cuando yo tenía trece años.

–Es un lugar precioso.

–Sí. Siempre que no vayas a la zona donde crecí, claro. Pero todas las ciudades tienen sus barrios bajos...

–Y tú eres de un barrio bajo.

–¿Eso te incomoda, princesa?

–No... bueno, sí. Me incomoda que tú y que tantas personas como tú vivan en condiciones insalubres.

–Así son las cosas.

–Lo sé.

–Espero que no te moleste casarte con un hombre que surgió de la nada. Como bien dijo tu padre, la clase no se puede comprar con dinero.

–Eso no me ha molestado nunca, Lázaro. Nunca.

–Pues yo no lo recuerdo así.

–¿Cómo lo recuerdas tú? Yo recuerdo que me arriesgaba a sufrir las iras de mi padre cada vez que hablaba contigo y que jamás te traté como si te considerara inferior. De hecho, todo mi mundo giraba alrededor de ti.

En ese momento, el coche giró en una esquina y se detuvo frente a unos edificios altos, de color blanco.

–Mi ático está aquí –dijo Lázaro.

–Bien.

–¿Bien?

–Sí... este sitio me encanta.

Vanessa salió del coche sin esperar a Lázaro. No quería seguir con la conversación. No quería hablar de lo idiota que había sido en su adolescencia, cuando se enamoró de él; ni quería que Lázaro fuera consciente de que estaba a punto de cometer el mismo error.

Para sobrevivir a él, tendría que mantenerse fría y distante. Y sabía que podía hacerlo. Durante años, se había acostumbrado a fingir.

Lázaro la siguió al exterior y sacó el equipaje del maletero, rechazando la ayuda del chófer. Vanessa no tuvo más remedio que admirar la elegancia de sus movimientos. Incluso enfadado, porque era evidente que estaba enfadado con ella, seguía siendo el hombre más impresionante al que había visto.

–Te vas a destrozar las muelas.

–¿Cómo?

–Si sigues apretando la mandíbula de ese modo, te vas a destrozar las muelas –explicó Vanessa–. En mi colegio había una chica a quien le tuvieron que poner un aparato para que dejara de hacer eso.

Lázaro sonrió con humor.

–A mí me se ocurre otra solución...

–¿Cuál?

–Que dejes de causarme tanto estrés.

Vanessa soltó una carcajada.

–¿Yo te estreso, Lázaro? ¿En serio?

Lázaro, que ya se dirigía con las maletas a la entrada del edificio, se detuvo y la miró con intensidad. Y, durante unos segundos, Vanessa se olvidó de respirar. Nada le parecía más importante que su relación con él.

–Bueno, supongo que «estrés» no es la palabra más adecuada para definirlo.

–¿Ah, no? –preguntó con debilidad.

–No. Últimamente tengo problemas para dormir.

–¿Por qué?

–Porque no pego ojo desde que te acercaste a mí en el museo. Te deseo constantemente. Te deseo conmigo, entre mis brazos, en mi cama.

La necesidad de besar a Lázaro se hizo casi insoportable. Le costó recordar por qué se empeñaba en resistirse al deseo.

Entonces, él dejó una de las maletas en el suelo y le acarició el labio inferior con el pulgar. Vanessa abrió la boca y le lamió el dedo sin poder evitarlo, dominada por la curiosidad y por la excitación.

Lázaro se estremeció y ella aprovechó su desconcierto para dar un paso atrás. Pero todavía estaban demasiado cerca. Tan cerca que podía tomarla entre sus brazos en un segundo y besarla como la había besado en el despacho.

Pero no la besó.

Recogió la maleta y dijo, antes de seguir andando hacia el portal:

–Sí, Vanessa. Ardo en deseos de que nos conozcamos mejor.

Vanessa pensó que estaba jugando con ella, que

solo quería demostrar que podía seducirla cuando le diera la gana.

Y también pensó que, si seguía comportándose así, con tanta arrogancia, podría resistirse a sus encantos sin ningún problema.

# Capítulo 7

¿QUÉ ES ESTO?
Lázaro la miró desde el elegante bar del ático.
—Ah, eso... me encargué de que trajeran algunas cosas que podías necesitar.

Vanessa se había quedado asombrada. Pero el motivo de su asombro no era el gigantesco vestidor lleno de todo tipo de ropa, desde vestidos a bañadores, sino la cámara que estaba en mitad de la cama, dentro de una bolsa.

—Mencionaste que te gustaba la fotografía —continuó él.

Ella asintió, se acercó a la cama y abrió la bolsa. Junto con la cámara, había varios tipos de lentes y de filtros, además de todos los accesorios que se podían imaginar. Mucho más de lo que necesitaba para hacer fotos por diversión.

—¿Por qué...? ¿Por qué has hecho esto, Lázaro?

Él se apartó de la barra, con una copa en la mano.

—¿Por qué no? Vi que hacías fotos con tu teléfono móvil y se me ocurrió que preferirías una cámara de verdad. Especialmente, porque supuse que querrías hacer fotografías de Buenos Aires.

—Sí, es cierto... lo estaba deseando. Gracias.

Lázaro se encogió de hombros.

—De nada. El dinero no significa nada para mí.

—Pero esto es mucho más que un asunto de dinero.

—No, no lo es.

—Oh, vamos, te has tomado la molestia de...

—Vas a ser mi esposa, Vanessa —la interrumpió—. Quiero que estés contenta. ¿Pensabas acaso que tenía intención de mantenerte secuestrada hasta el fin de tus días? No tengo interés en complicarte las cosas.

—Bueno, no había pensado mucho al respecto —admitió.

—¿No? —preguntó con sarcasmo.

Vanessa respondió con sinceridad.

—No. Me limito a intentar sobrevivir... Y no solo desde que te empeñaste en jugar a la ruleta rusa con mi vida, sino desde antes. Hace años que me contento con intentar sobrevivir.

—Ah, yo también soy especialista en eso.

—Pues no es divertido.

—No, no lo es. Pero dime una cosa... ¿por qué te empeñas en trabajar en esa empresa? Y no me repitas que lo haces por tu familia y por los hijos que vayas a tener. Podrías desempeñar un papel menos activo, más secundario.

—Pero no sería lo mismo.

—No, desde luego que no. Te ahorrarías los antiácidos.

—Y supongo que bastantes disgustos. Soy una buena profesional, pero no tengo el talento necesario para ser un genio de los negocios —admitió.

Lázaro se llevó su copa a los labios y echó un trago.

—Puede que no tengas talento para los negocios,

Vanessa, pero eso no significa que no lo tengas para otras cosas.

Vanessa se quedó perpleja. No esperaba un halago por su parte.

—Es una lástima que Pickett Industries sea lo único que me importa...

—¿Por qué? No lo entiendo.

—¿Y tú dices eso? ¿Precisamente tú? El éxito lo es todo para ti, Lázaro... ¿Tienes suficiente con lo que has conseguido? ¿O quieres más?

—Ya conoces la respuesta a esa pregunta.

—Exacto, la conozco. Siempre quieres más porque siempre queda algo por conseguir. Pues bien, Pickett Industries es ese algo que me queda por conseguir. Tengo que sacar la empresa adelante. Cueste lo que cueste.

Lázaro asintió.

—Me parece bien. No sabía que fueras tan decidida...

—¿Y cómo lo podías saber? Nos tratamos muy poco. Y solo éramos un par de adolescentes –afirmó.

—Pero me dejaste una huella profunda.

—Y tú a mí.

Vanessa se encontró súbitamente al borde de las lágrimas, pero sacó fuerzas de flaqueza, extrajo la cámara de la bolsa y dijo:

—Gracias por el regalo. En serio.

—Podrías llevarla cuando salgamos esta noche...

—¿Vamos a salir?

—Pensé que te gustaría ver la ciudad.

—Por supuesto. Me gustaría mucho.

—Excelente. Tengo que pasar por el despacho de

Paolo Cruz para informarle sobre lo que se va a discutir en la reunión de mañana; pero cuando vuelva, saldremos de casa e iremos a cenar –prometió.

Vanessa pensó que la cámara y la cena de aquella noche eran un regalo muy especial. Demostraban que Lázaro la escuchaba y, sobre todo, que la quería hacer feliz.

En un día normal, Vanessa se bastaba y se sobraba para acelerar el pulso de Lázaro y despertar su libido; pero cuando la vio aquella noche con zapatos de aguja y un vestido negro, de escote pronunciado y una abertura en la falda por donde asomaba un muslo impresionante, pensó que era demasiado para él.

Los días que llevaban en Buenos Aires habían sido una prueba muy dura. La deseaba hasta el extremo de que las duchas frías habían dejado de surtir efecto. Y, sin embargo, se refrenaba. No quería que Vanessa fuera consciente del poder que tenía sobre él.

Sin embargo, después de tres días en Buenos Aires y doce años de espera, la necesidad de abrazarla era tan intensa que resistirse a ella resultaba dolorosa. Su cuerpo vibraba con el deseo de tenerla; de sentir aquellas piernas largas y elegantes alrededor de su cintura mientras se hundía en el placer que solo Vanessa le podía dar.

Hasta entonces, no habían tenido más contacto físico que un beso; nada más que un beso. Y no obstante, había despertado en él una sed primaria y profunda que no había sentido en ninguna de sus aventuras amorosas. A Lázaro le habría gustado pensar que aquel sentimiento formaba parte de su venganza contra Michael Pickett, pero no era cierto; no tenía nada que ver con los cabos sueltos del pasado.

Era deseo. Simple y puro deseo.

Aquella noche, Vanessa se había dejado el pelo suelto. Su melena castaña le caía sobre los hombros y cubría parcialmente la parte de sus senos que el escote del vestido dejaba al aire. Estaba tan bella que hasta ella misma se debía de sentir algo insegura con su aspecto, porque preguntó:

–¿Me he arreglado demasiado?

–No, ni mucho menos –respondió él.

–Entonces, ¿nos vamos?

–Sí.

Habían quedado en salir a cenar, pero cenar era lo último que a Lázaro le apetecía. Solo quería apretarse contra ella, acariciarla y arrancar gemidos de placer a aquellos labios pintados con carmín rojo.

–Aunque en honor a tu vestido –continuó–, iremos a un lugar ligeramente distinto al que tenía en mente.

Las calles de Buenos Aires estaban abarrotadas hasta de noche. La gente paseaba, reía, charlaba y comía bajo un calor húmedo.

Vanessa notó que Lázaro era feliz en aquel lugar. Algunas mujeres giraban la cabeza cuando pasaban a su lado y lo miraban con admiración, pero no le extrañó en absoluto; con su traje negro y su camisa abierta, era la masculinidad personificada.

Sin embargo, él no prestaba atención a las miradas, que no devolvía. Solo tenía ojos para ella, hasta el punto de que le aceleraba el corazón.

–¿Adónde vamos? –preguntó poco después.

–Aquí mismo...

Lázaro la tomó de la mano y la llevó hacia una puerta estrecha. El exterior del edificio no indicaba la presencia de ningún establecimiento, pero enseguida se encontraron en un local grande, con una barra larga y muchas mesas sobre las que colgaban lámparas de luz cálida a distintas alturas.

Había sitio de sobra para moverse; de hecho, varias parejas estaban bailando al son de un grupo de músicos. Pero la decoración daba sensación de intimidad.

–¿Quieres tomar algo? –dijo Lázaro.

–No, ahora no me apetece nada.

–Entonces, baila conmigo.

–Lázaro...

–Y no me digas que no sabes bailar, porque estoy seguro de que una mujer de tu posición habrá dado clases de baile desde la infancia.

–Pero no sé bailar tango –alegó.

–Yo, sí. Y como soy tu futuro esposo, tendrás que aprender a bailar conmigo. ¿No te parece? –contraatacó.

–¿Es que pretendes que bailemos tango en nuestra boda? –preguntó ella con una sonrisa.

A Vanessa le pareció una idea divertida. Era un baile demasiado sensual para un mundo tan rígido y conservador como el de los Pickett.

–¿Por qué no? Daríamos que hablar a la gente...

—Ya hablan bastante de nosotros, Lázaro.
—Sí, supongo que sí.

Los ojos de Lázaro brillaron con la luz tenue del local. Allí parecía distinto, más peligroso. Era como si el aire de refinamiento que había cultivado durante tantos años se hubiera desvanecido y él volviera a ser el chico del que se había enamorado.

—Vamos, baila conmigo –insistió.

Vanessa permitió que la tomara de la mano y la llevara a bailar. Su corazón latía tan fuerte que casi tuvo miedo de que la gente que bailaba se diera cuenta, pero no les prestaron atención; estaban concentrados en la música.

Lázaro le pasó un brazo alrededor de la cintura y la apretó contra su pecho.

—Sigue mis pasos –ordenó.

Vanessa sabía que no podía competir con las mujeres que bailaban a su alrededor; pero con la guía de Lázaro, sus movimientos se volvieron más firmes y seguros y su inseguridad se ahogó en el ritmo y en el contacto de sus cuerpos.

No se había sentido tan viva en toda su vida. Sobre todo, cuando Lázaro bajó la mano que le había puesto en la espalda, pasó por encima de sus caderas y la posó en uno de sus muslos, justo en la abertura de la falda, en el lugar donde terminaban sus medias de nailon y empezaba la carne desnuda.

Vanessa supo que no intentaba aprovecharse de la situación; solo pretendía subirle la pierna, como exigía uno de los movimientos del baile. Pero a pesar de ello, se sintió embriagada por el deseo.

Lázaro la abrazó con más intensidad, apretando su

erección contra el estómago de Vanessa. Ella le clavó los dedos en el hombro y se mordió el labio, intentando refrenar el gemido de placer que había estado a punto de soltar.

Aquello era tan absolutamente real como sexual. Y despertó un deseo primario, una conciencia de poder femenino, que no estaba acostumbrada a sentir.

Entonces, él devolvió la mano a su cintura y la apretó con suavidad.

Vanessa se derritió contra su cuerpo, consciente de que su gesto formaba parte del baile. Aunque había algo más.

–Ven conmigo –dijo Lázaro.

Vanessa lo siguió como si el gesto de seguirlo también formara parte del baile. Aunque había algo más.

Y poco después, se encontró en un rincón del establecimiento, parcialmente oculto tras unas cortinas.

–Lázaro...

Lázaro le pasó un brazo alrededor del cuerpo y apoyó la mano libre en la pared que estaba a la espalda de Vanessa.

Ahora estaba atrapada, pero no le importó.

Inclinó la cabeza hacia atrás, ligeramente, esperando que Lázaro entendiera la indirecta y la besara. La lógica y el sentido de la supervivencia no tenían lugar en lo que pasaba entre ellos. Era un juego de sensaciones, de deseo, de pasión, de lo que apenas habían saboreado doce años antes.

Por fin, Lázaro la besó y ella se olvidó del mundo.

Ya no había más.

No existía nada salvo el roce duro de sus mejillas,

la caricia sedosa de su lengua y la firmeza cálida de sus labios.

Y le devolvió el beso con toda la fuerza de lo que llevaba dentro, con todo el deseo que había permanecido dormido hasta entonces.

Lázaro le acarició la cara durante unos segundos antes de introducir la mano en su melena y juguetear con sus rizos. La besaba con una entrega completa y con una exigencia completa de entrega.

Pero no era suficiente.

Vanessa se arqueó contra él porque necesitaba más. Necesitaba su contacto físico. Necesitaba sus manos. Lo necesitaba a él.

En respuesta, Lázaro le besó el cuello y el hombro. Ella se estremeció y él cambió de dirección y dirigió su lengua hacia su escote.

Cuando llegó a su objetivo, alzó la cabeza, la miró a los ojos y cerró una mano sobre uno de sus senos, cuyo pezón acarició suavemente hasta que Vanessa deseó que le arrancara el vestido y le hiciera el amor allí mismo.

Se apoyó en sus hombros porque sus piernas ya no tenían fuerzas para sostenerla. Y justo cuando la lengua de Lázaro empezaba a descender por la curva de sus senos, Vanessa vio las cortinas que los separaban del resto del local y se asustó.

—Basta, Lázaro. No podemos seguir.

Lázaro la besó otra vez en el cuello.

—Claro que podemos, querida mía... —susurró.

—Pero... ¿qué pensaría la gente?

Lázaro se quedó helado y la soltó.

Era la misma pregunta que le había hecho aquella noche, doce años atrás.

Qué pensaría la gente.

–No te preocupes. Aquí no hay nadie que vaya a pensar nada. Ninguna de las personas de este local sabe que tú eres la heredera de los Pickett y que yo solo soy el hijo bastardo de una criada de tu familia.

Vanessa sacudió la cabeza y extendió una mano hacia él.

–Lázaro, yo...

Lázaro se apartó un poco más.

–Te comprendo, Vanessa. Entiendo que te sientas profundamente humillada por tener que casarte con un hombre como yo –afirmó con frialdad–. Aunque parece que mi dinero no te molesta tanto. De hecho, llevas el anillo que te regalé...

–No digas eso. No es justo.

–¿Que no diga eso? ¿Qué ocurre, es que te molesta la verdad? Solo soy bueno para ti cuando te llevo a sitios caros y te regalo anillos de diamantes que cuestan una millonada. Y solo aceptas mis besos y mis caricias cuando estamos ocultos del mundo, como aquella noche en la casita de invitados... cuando nadie puede ver que te dedicas a retozar con el pobre chico que corta el césped del jardín.

–Escucha...

–Me necesitas –la interrumpió–. Admítelo.

–Yo...

–Admítelo –insistió, implacable.

–¿O qué? –replicó ella–. ¿O te marcharás y olvidarás que tú también me necesitas a mí? Porque, por mucho que nos desprecies a mi padre, a mí y a nuestra clase social, quieres llegar a lo más alto. Y me necesitas para conseguirlo.

Lázaro la miró con rabia.

—Quiero irme. Ahora —dijo Vanessa.

—Muy bien, princesa.

Vanessa se dirigió a la puerta del local y la abrió.

En el exterior hacía más calor que en el club; un calor húmedo y pesado que puso aún más taciturno a Lázaro.

Vanessa se comportaba como si la hubiera ofendido profundamente. Y él estaba convencido de que se comportaba así porque no soportaba que la besara en público, porque lo creía un ser inferior.

Apretó los puños con tanta fuerza que le empezaron a doler.

El ático se encontraba a un par de manzanas de distancia, y ella se mantuvo en silencio durante todo el trayecto. Cuando entraron en el vestíbulo, empezó a caminar varios pasos por delante. Parecía decidida a no mirarlo ni a reconocer su presencia.

Lázaro se dijo que esta vez no se iba a salir con la suya.

Él ya no era un chico pobre, a merced de los esbirros de Michael Pickett. Y ella ya no era la princesa de la torre, tan por encima de él que podía reclamar su afecto o rechazarlo a voluntad, según le apeteciera.

—Tendrás que superar tu aversión a que te vean conmigo en público, mi amor.

Vanessa se detuvo en seco y se giró hacia él.

—¿También tengo que superar mi aversión a que me manosees delante de otras personas? ¿Tanto te ofende que intente mantener cierto grado de decencia en público?

—Bueno, ya mantienes un alto grado de decencia en privado. Recuerda que no me quieres en tu cama.

—Vaya... parece que no aguantas bien las negativas —declaró con sarcasmo—. Tendré que recordarlo.

—Aguanto perfectamente bien las negativas. Pero no soporto a las mujeres que me consideran bueno para coquetear un rato y malo para acostarse conmigo.

Ella apretó los labios y dio un paso hacia él.

—¿Eso es lo que crees que estaba haciendo? ¿Jugar contigo? —preguntó, sacudiendo la cabeza—. Pues te equivocas... no estaba pensando en nada. Si hubiera pensado, no habría permitido que me tocaras.

—Extraña base para un matrimonio feliz —ironizó.

—No más extraña que casarse por intereses puramente empresariales. Sin embargo, qué puedo decir yo... no soy un genio de los negocios.

—Puede que no lo seas, pero aceptaste casarte conmigo por el bien de tu empresa. Y como ya hemos determinado, nadie te obligó a aceptar mi oferta.

—¿Cómo te atreves a...?

—Cómo te atreves tú, Vanessa. No voy a hacer el idiota dos veces. No contigo. No con la misma mujer.

—¿Crees de verdad que estoy jugando contigo? —la voz de Vanessa se había vuelto tan baja que casi no se oía—. Me has apretado contra la pared de un establecimiento público y has empezado a... No tienes derecho. No tienes derecho a estar enfadado.

Él se acercó y bajó el tono de voz.

—¿Eso es lo que más te molesta, Vanessa Pickett?

¿Que te hago perder el sentimiento de respetabilidad que obsesiona a tu familia?

—No, lo que me molesta es que... es que... me humillas en público —acertó a decir—. Me tratas como si yo fuera un objeto, una posesión que puedes tomar cuando te venga en gana.

—¿En serio? ¿Tanto te humilla mi contacto?

La respiración de Vanessa se había acelerado y sus senos subían y bajaban con cada aliento. Lázaro estaba furioso y excitado al mismo tiempo, porque su cuerpo la seguía deseando a pesar de todo.

Pero no le sorprendió. La había deseado durante doce años y no había nada que pudiera destruir ese deseo. Ni los muchos años de separación ni sus amantes anteriores ni la rabia que lo dominaba en ese instante.

Llevó las manos a su cintura, se apretó contra ella y le tocó el trasero.

—Sinceramente, no creo que mi contacto te humille. Creo que tu sentimiento de humillación tiene un origen distinto... te odias a ti misma porque, por mucho que quieras lo contrario, por mucha vergüenza que sientas de mí, me deseas.

La expresión de Vanessa estaba llena de tensión y sus ojos, de ira; pero, de repente, llevó las manos al pecho de Lázaro, las cerró sobre la tela de su camisa, se puso de puntillas y le besó con una pasión irrefrenable.

El deseo que los arrastraba era tan real, tan físico, que casi parecía una entidad viva que se interpusiera entre ellos. Era como correr hacia un acantilado a sabiendas de que el acantilado se encontraba allí.

Y, sin embargo, ninguno de los dos se detuvo.

Vanessa le pasó la lengua por los labios, probándolo, saboreándolo. Lázaro sintió un escalofrío de placer y se apretó contra ella.

Al sentir su erección, Vanessa contrajo el estómago. Todavía la deseaba. Y aunque estuviera enfadada con él, el sentimiento era algo más que recíproco; a decir verdad, era más fuerte precisamente por su enfado y por su mar de emociones contradictorias.

Para Vanessa, el sexo siempre había sido una historia de ramos de rosas y encuentros románticamente perfectos. Aquello no se parecía a los encuentros que había imaginado, pero le encantó.

Deseaba a Lázaro con todas sus fuerzas. Lo deseaba entero. Hasta el último centímetro de su piel.

Lentamente, le empezó a desabrochar la camisa. Después, le pasó un dedo por el pecho, que estaba ardiendo, y sintió un estremecimiento de pura excitación.

Era como si se hubiera despertado una parte de su propio ser, una parte que había permanecido dormida y que liberaba el deseo de vivir la vida de otra forma, con mucha más intensidad que hasta entonces.

Curiosamente, se sintió más libre que nunca.

Su existencia había sido una obsesión permanente por tomar las decisiones correctas y más beneficiosas para los Pickett. Pero ahora, en cambio, no deseaba otra cosa que acostarse con Lázaro Marino.

—Vamos arriba —dijo ella.

Él la miró con tanta sorpresa como deseo.

—¿Estás segura?

Ella clavó la vista en sus ojos y asintió.

—Estoy completamente segura.
—No me gusta que jueguen conmigo, Vanessa.
—No estoy jugando contigo, Lázaro.
—Entonces, dime lo que quieres.
—Te quiero a ti –susurró.
—Más. Dime más.
—Quiero... yo quiero... –empezó a decir con timidez.
—¿Sí?
—Quiero tus manos, tu boca, tu sexo, te quiero a ti. Quiero hacer el amor contigo. Ahora, esta misma noche.

# Capítulo 8

EL MOMENTO había llegado.
Aquella noche, Vanessa Pickett iba a ser suya. Por fin podría satisfacer el deseo ardiente que le había quitado el sueño desde que se habían conocido.

Soltó un gemido profundo y la atrajo hacia él, besándola, devorándola, deseando apretarla contra la pared y tomarla allí mismo. Era muy tentador. Y habría sido fácil. Solo tenía que subirle el vestido por encima de las caderas.

Sin embargo, se apartó de ella y pulsó el botón del ascensor. Por muy desesperadamente que la deseara, no quería hacerle el amor en un lugar público. Sabía que Vanessa había sido sincera al decir que ese tipo de cosas le daban vergüenza.

Lázaro seguía sin estar seguro de que su sentimiento de humillación no se debiera al hecho de tener que casarse con él, un hombre de clase social baja, un trabajador. Quizás lamentaba perder al aristócrata que su padre había elegido para ella. Pero por otra parte, era consciente de que Vanessa siempre había mantenido sus relaciones amorosas en el mayor de los secretos; lo cual parecía indicar que entendía el amor como algo exclusivamente privado.

Cuando las puertas del ascensor se abrieron, sintió una necesidad tan intensa de protegerla que le sorprendió.

Lázaro pulsó el botón del ático inmediatamente, decidido a no perder más tiempo del necesario. Después, contempló el rubor de sus mejillas y pensó que aquello ya no tenía nada que ver con su venganza personal contra los Pickett.

Vanessa le importaba de verdad. No la quería humillar. Solo quería darle placer y borrar de su pensamiento cualquier cosa que no fuera el deseo de dar y de recibir placer.

Momentos más tarde, salieron al enorme salón del ático del edificio. Lázaro la volvió a tomar entre sus brazos y ella le volvió a poner las manos en el pecho mientras sus bocas se encontraban otra vez.

Vanessa ya no pensaba; se limitaba a sentir.

Lo demás carecía de importancia.

Quería a Lázaro y estaba a punto de tenerlo. A lo largo de su vida, había renunciado a demasiadas cosas por culpa de un concepto equivocado de la corrección y el decoro. Lázaro era una de ellas.

Pero se había cansado de renunciar.

Había llegado su momento. Iba a satisfacer la necesidad, el hambre, el deseo que había ido creciendo en su interior.

Se sentía como si hubiera despertado de un sueño en el que se había limitado a seguir andando por inercia, sin disfrutar realmente de la vida. Pero tenía que haber algo más que la frustración, la angustia y el estrés.

Y lo había.

Aquello era diferente. Aquello era suyo.

Lázaro era suyo.

Le pasó las manos por el pecho y sintió la tensión de sus músculos. Lázaro la había acusado de jugar con él. Y tal vez fuera cierto, tal vez había jugado con él, pero no más de lo que había jugado con ella misma.

Durante doce años, se había torturado con el recuerdo de Lázaro y con lo que podría haber ocurrido en otras circunstancias.

Sin embargo, el tiempo de las lamentaciones había pasado.

Y el de los juegos.

El primer paso fue el más difícil para ella. Sus dedos temblaron ligeramente cuando le desabrochó el botón superior de la camisa. Pero el segundo fue más fácil y se llevó por delante sus dudas y sus nervios.

Por fin, le quitó la camisa y la dejó caer. Él no se movió; se quedó inmóvil ante ella, con aquellos músculos perfectamente definidos, casi una estatua de bronce. Estaba tan guapo que sintió el deseo de hacerle una fotografía para atesorar el momento.

Llevó las manos a su cintura, respiró hondo y le desabrochó el cinturón de los pantalones. Ahora se sentía dominada por la necesidad de desnudarlo y de verlo entero, sin el obstáculo de la ropa. Había imaginado muchas veces su cuerpo, el que había alimentado sus fantasías desde su adolescencia, y no estaba dispuesta a esperar ni un segundo más.

Le bajó los pantalones y los calzoncillos con un movimiento rápido y él se los quitó de encima sin apartar la vista de sus ojos.

Lázaro tampoco se movió entonces. Siguió como

estaba, quieto, desnudo y completamente excitado en mitad del salón, con una seguridad que contribuyó a aumentar la confianza en sí misma de Vanessa.

Por primera vez en su vida, no le preocupaba si lo que estaban a punto de hacer era correcto o incorrecto.

Vanessa bajó las manos hacia el sexo de Lázaro, pero no se atrevió a tocarlo. Él cerró los ojos un momento y la guio hacia su erección.

Cuando cerró los dedos sobre ella, se quedó sin aire. Era suave y estaba increíblemente caliente y dura, en una demostración indiscutible de lo mucho que la deseaba.

Vanessa se estremeció y le empezó a masturbar, primero con delicadeza y después, con más fuerza. Él soltó un gemido de placer y ella comprendió que se había despojado de los últimos restos de refinamiento y que ahora era simplemente un hombre.

Un hombre que despertaba su deseo femenino y la volvía loca con la necesidad perentoria de tenerlo.

–Llevas demasiada ropa, querida –dijo él.

Vanessa sintió que le bajaba la cremallera del vestido y que lo dejaba caer a sus pies, dejándola sin nada más que los zapatos de aguja y la ropa interior.

En otro momento, se habría sentido incómoda o avergonzada. Pero no fue el caso.

Porque veía el deseo en sus ojos y era un deseo idéntico al suyo.

Y se sentía poderosa. Poderosa y excitada.

–Bésame –ordenó Vanessa.

–Un momento...

Lázaro le desabrochó el sostén y se lo quitó.

–Oh, eres preciosa...

Cerró la mano sobre uno de sus senos y le acarició el pezón. Ella soltó un grito ahogado y contempló la piel oscura de Lázaro contra su piel clara. Luego, él la besó en el cuello y empezó a bajar hacia el mismo sitio que había estado acariciando.

–Lázaro...

Lázaro le succionó el pezón y Vanessa se aferró a sus hombros, presa de una súbita debilidad.

Al cabo de unos momentos, él se arrodilló y le bajó las braguitas. Vanessa cerró los ojos y se limitó a concentrarse en sus besos y en el contacto de sus manos, que descendieron por sus piernas.

Al llegar a los pies, le quitó los zapatos y los dejó junto al resto de la ropa.

–Siéntate, Vanessa.

Ella echó un vistazo a su alrededor y se fijó en el sofá, de terciopelo. Por un momento, había olvidado dónde estaban. Todo se había vuelto irreal; todo excepto Lázaro.

Se sentó en el sofá sin saber lo que pensaba hacer con ella, pero con la seguridad absoluta de que sería una experiencia satisfactoria.

–He soñado mucho con esto. Contigo –Lázaro se arrodilló frente a Vanessa–. He soñado con el aspecto que tendrías y con el sabor que tendrías.

A continuación, le dio un beso en la cara interior del muslo y tiró de ella para que se acercara al borde del sofá.

Vanessa temblaba de excitación, por dentro y por fuera. La curiosidad y el deseo habían borrado cualquier asomo de vergüenza porque aquello no tenía nada que ver con la vergüenza, sino con la necesidad.

Con la necesidad de tener a Lázaro.

Le acarició el cabello mientras él besaba sus muslos y ascendía poco a poco. Al llegar a su sexo, Lázaro lo lamió.

Fue indescriptible. Vanessa sentía que algo iba creciendo en su interior y la acercaba al orgasmo. Entonces, él le soltó las caderas, le introdujo un dedo y lo empezó a mover hacia dentro y hacia fuera sin dejar de lamerle el clítoris.

La tensión que había estado creciendo, estalló de repente y en oleadas.

Cuando se recuperó, Lázaro se sentó junto a ella en el sofá y la acarició con dulzura.

–¿Estás bien?

Ella asintió. No tenía fuerzas para hablar.

Lázaro la tumbó y se puso encima. Vanessa separó las piernas para facilitarle el acceso y esperó el momento que tanto había deseado, el momento en que la penetrara.

Pero justo entonces, cuando ya sentía la presión de su pene, él se levantó.

–¿Qué pasa? –preguntó.

–El preservativo...

Vanessa recordó que la búsqueda del preservativo había sido la causa de que doce años antes se detuvieran. Pero ahora no se iba a detener. No podía. Quería tener a Lázaro. Quería que fuera suyo. Porque los dos lo necesitaban. Porque ella lo necesitaba.

El corazón se le detuvo un instante cuando Lázaro volvió a su lado. Acababa de entender el motivo por el que se había negado a acostarse con otros hombres.

No lo había hecho por timidez virginal, como pensaba de vez en cuando; ni por la perspectiva de su matrimonio con Craig. Había sido por Lázaro; porque, en el fondo de su corazón, lo había estado esperando todo el tiempo.

Al pensarlo, se dijo que quizás había cometido una estupidez. Pero siempre había querido a Lázaro. No se contentaba con menos. Y aquella noche, Lázaro le estaba ofreciendo mucho más de lo que había imaginado en la más alocada de sus fantasías.

–Gracias –declaró Vanessa.

–¿Por qué?

–Por acordarte del preservativo. Yo me habría olvidado.

Vanessa no podía haber sido más sincera. Estaba tan concentrada en sus atenciones que lo había olvidado por completo. Y con matrimonio o sin él, no quería quedarse embarazada en ese momento, con Pickett Industries en una situación insostenible.

Pero no quería pensar en la empresa.

Pasó los brazos alrededor de su cuello y le besó. Lázaro se volvió a poner encima de ella y la penetró con fuerza mientras Vanessa intentaba concentrarse en el placer y olvidar el vago e insistente dolor de fondo.

Por suerte, el dolor desapareció al cabo de unos segundos, completamente enterrado bajo un placer cada vez más intenso. Él la besó en el cuello y bajó la cabeza para succionarle los pezones sin detener sus acometidas. Ella se arqueó hacia arriba y siguió su ritmo, bloqueando su mente a cualquier cosa que no fuera el clímax que se acercaba.

Los movimientos se volvieron más rápidos y duros. Era evidente que él estaba a punto de perder el control, así que Vanessa se abandonó al orgasmo. Y casi al mismo tiempo, Lázaro se deshizo en ella.

Permanecieron inmóviles y abrazados durante unos minutos. En ese momento, no importaba nada más. Aquello era la realidad y el resto de las cosas, la fantasía.

Por fin, Lázaro se levantó para ir al cuarto de baño. Cuando regresó, la miró con una expresión extraña y empezó a decir:

–Vanessa...

–No –lo interrumpió ella–. Si quieres hablar, te prometo que hablaremos por la mañana. Ahora solo quiero... dormir.

–Está bien.

Lázaro volvió al sofá, se tumbó junto a ella y la abrazó con fuerza.

Vanessa apoyó la cabeza en su hombro y cerró los ojos.

Los rayos del sol entraban por la ventana e iluminaban el salón del ático y el cuerpo perfecto de Vanessa. Mientras Lázaro la admiraba, pensó en las fantasías que había creado durante años. No sabía cómo era su cuerpo ni qué aspecto tenía cuando llegaba al orgasmo ni qué se sentía al acariciar su piel, de modo que se lo había imaginado.

Pero la Vanessa real superaba largamente sus fantasías. Era mucho mejor que la mujer de su imaginación. Era un pedazo de paraíso. La perfección femenina personificada en todas sus curvas, desde sus senos hasta sus piernas, pasando por su olor.

Y le había dejado completamente saciado.

Todavía estaba admirando su cuerpo cuando ella se arqueó contra él y abrió los ojos. Pero la situación la debió de incomodar, porque se ruborizó de repente, se levantó del sofá y preguntó con nerviosismo:

–¿Dónde está mi ropa?

–Por ahí...

–¿Podrías hacer el favor de dejar de mirarme?

–¿Por qué? Ya te he visto, Vanessa. Te he visto mucho.

–Por favor... –le rogó.

Él asintió y giró la cabeza hacia la ventana, aunque tuvo que hacer un esfuerzo.

–Te comportas como si jamás te hubieras encontrado en esta situación.

El silencio de Vanessa fue tan explícito que Lázaro lo comprendió al instante y la volvió a mirar. Estaba de pie, mordiéndose el labio inferior y apretando el vestido contra su cuerpo desnudo.

–¿Es tu primera vez?

En lugar de contestar, Vanessa contraatacó con otra pregunta.

–¿Te has acostado con muchas mujeres?

Él arqueó una ceja, sorprendido.

–¿Cómo?

–Es una pregunta bastante grosera, ¿verdad?

–No, no es grosera. Solo extraña e inútil.

–Pues, si te parece extraña e inútil, comprenderás que tu pregunta me parezca lo mismo –razonó ella.

–No sé...

–¿No sabes si debo contestar a tu pregunta?

–No. No sé con cuántas mujeres me he acostado.

Vanessa frunció el ceño.

—Ah.

Lázaro no intentaba ofender a Vanessa ni jactarse de sus conquistas. Se había limitado a decir la verdad porque no esperaba que formulara una pregunta como esa. Y, por su expresión, era evidente que la había decepcionado.

—Yo ya he contestado a tu pregunta. Ahora te toca a ti.

Ella lo miró a los ojos.

—Sí. Es mi primera vez.

Lázaro tardó unos segundos en reaccionar.

—Pero... ¿cómo es posible? Siempre creí que habías perdido tu virginidad antes de que nos conociéramos.

—Pues te equivocaste.

—No lo entiendo, Vanessa. ¿Por qué te has mantenido virgen?

—¿Y tú? ¿Por qué eres incapaz de recordar con cuántas mujeres te has acostado?

Lázaro podría haberle confesado que no las recordaba porque no habían significado nada para él, porque solo las utilizaba para olvidarla a ella. Pero en lugar de decirle la verdad, se encogió de hombros y dijo:

—Porque soy un hombre rico, Vanessa. Y cuando eres rico, nunca faltan mujeres que están encantadas de acostarse contigo.

Ella soltó un suspiro.

—Y supongo que ahora tendré que decirte algo más de mí, ¿no es cierto?

Lázaro asintió.

—Sí. Este juego es así. Confesión por confesión.

—Está bien... Me mantuve virgen porque, además de la obsesión de mi padre por espantar a mis pretendientes, necesitaba a un hombre que me quisiera por mí misma, no por el dinero de Michael Pickett ni por la posición social de mi familia.

—¿Y no lo encontraste?

—No.

Ella apartó la mirada.

—Conmigo no habrías tenido ese problema. No quería ni tu dinero ni tu posición.

—¿Solo querías sexo?

Lázaro se volvió a encoger de hombros.

—Tenía dieciocho años por entonces, Vanessa. Y a los adolescentes, solo les importa una cosa... —respondió—. Sí, solo quería sexo.

—Pero ya no. Ahora quieres mis contactos.

—Las cosas cambian.

Ella asintió.

—¿Podrías darte la vuelta y dejar de mirarme otra vez? Si me sigues mirando, tendré que salir de la habitación.

Lázaro hizo caso omiso.

—Dime una cosa, Vanessa... ¿por qué te has acostado conmigo?

Vanessa lo miró con seriedad.

—Cuando lo sepa, te lo diré.

Solo entonces, él se dio la vuelta y se dedicó a contemplar las vistas para que ella no se sintiera tan incómoda.

Desconocía el motivo, pero tenía una extraña presión en el pecho.

# Capítulo 9

¿DÓNDE te habías metido?
Vanessa entró en el ático después de toda una tarde de dar paseos por Buenos Aires y de hacer fotografías. Le dolían los pies de tanto caminar, pero necesitaba alejarse de él y dejar de pensar en lo sucedido.

—He estado por ahí.
—¿Por dónde? —preguntó, muy serio.
—Eso no es asunto tuyo.
—Por supuesto que lo es.
—No, Lázaro. Es mi vida.
—Puede que sea tu vida, pero vas a ser mi esposa y tengo derecho a saber a qué dedicas tu tiempo.

Vanessa, que se dirigía al dormitorio, se detuvo y lo miró con cara de pocos amigos.

—No te pertenezco, Lázaro. Un matrimonio no es un contrato de propiedad.
—Ni yo he insinuado que lo sea.

Ella frunció el ceño.

—Pero lo es para ti, ¿verdad? Me quieres como objeto brillante para enseñar. Como la prueba de tu éxito. La oportunidad de gritarle al mundo que, contra todo pronóstico, lograste llegar a lo más alto... Muy bien, haz lo que quieras. Pero me voy a casar contigo porque no tengo más remedio. Recuérdalo bien.

Con los ojos inyectados en lágrimas, Vanessa se dirigió a la puerta corredera de la terraza, que abrió. Después, salió al exterior, se apoyó en la barandilla e intentó dominar su tristeza y su desesperación.

No podía permitir que las palabras de Lázaro la afectaran tanto. Aunque, en más de un sentido, estaba peligrosamente cerca tener razón.

En realidad, Vanessa no creía que la quisiera como objeto; pero Lázaro tenía poder sobre sus emociones y ella no lo tenía sobre las de él. Además, tampoco se hacía ilusiones sobre su relación. Solo le gustaba su cuerpo. El sexo. Y cuando la atracción física desapareciera, se encontraría casada con un hombre que no estaba enamorado de ella.

Apretó los dientes y se preguntó por qué, entre todos los hombres posibles, se sentía atraída por Lázaro Marino.

Cerró los ojos e imaginó un día de doce años atrás, con el sol calentando su piel y la sonrisa de un chico que significaba mucho para ella. Su relación no había sido real ni siquiera entonces. Había sido una fantasía a la que seguía ridículamente aferrada.

Pero en cualquier caso, Lázaro era el único hombre que despertaba su pasión. No había mentido al afirmar que le había estado esperando.

–Anoche no te obligué a acostarte conmigo. No tuvo nada que ver con nuestro acuerdo ni con el futuro de Pickett Industries. Terminamos en la cama porque quisiste.

Vanessa se giró y vio que Lázaro la miraba con ira.

–No terminamos en la cama, sino en el sofá.

Lázaro hizo caso omiso del comentario.

–No te obligué a hacer el amor –insistió–. Lo hicimos porque tú lo deseabas.

A Vanessa le habría gustado negarlo, pero no pudo. No tenía el carácter necesario para mentir de un modo tan evidente.

–Me deseas, Vanessa.

Ella se mantuvo en silencio.

–Dime que me deseas –continuó él.

Vanessa tragó saliva y se alejó un poco. Lázaro la siguió, le puso una mano en la curva de la cintura y le apartó el pelo de la cara.

–Dime que me deseas –volvió a decir.

En ese momento, Vanessa se dio cuenta de que necesitaba oírlo de verdad. La armadura de Lázaro era demasiado fuerte como para que sus palabras la atravesaran, pero, por lo visto, no tanto como para hacerlo inmune.

Aquello le sorprendió. Siempre había pensado que Lázaro era invencible; un hombre con el poder y la libertad necesarias para hacer lo que le viniera en gana; un hombre que vivía la vida plenamente.

–Me deseas, Vanessa –afirmó–. Me deseas.

–Sí –admitió en un susurro.

–Y ahora no se trata del dinero ni de lo que yo puedo hacer por la empresa de mi familia, ¿verdad?

Ella sacudió la cabeza.

–No, no se trata de eso.

Lázaro llevó una mano a la cremallera del vestido y se la bajó de repente, dejando desnuda su espalda. Vanessa se excitó al instante, pero relajó los hombros y permitió que el vestido cayera al suelo y que la brisa le acariciara la piel.

Aunque seguían en la terraza, el ático estaba tan alto que nadie los podía ver. Y aunque alguien los pudiera haber visto, a Vanessa le habría dado igual.

Lázaro le pasó las dos manos por el estómago, en un movimiento sensual que la dejó casi sin fuerzas.

—No me acosté contigo ni por el dinero ni por la empresa... —Vanessa soltó un gemido al sentir que Lázaro le tocaba los senos—. Me acosté contigo porque te deseo.

Él la besó en el cuello y en los hombros, pero no era suficiente para ella. Sentía un calor entre las piernas cuya satisfacción exigía mucho más que unas cuantas caricias, pero necesitaba que él sintiera lo mismo.

Se dio la vuelta, apoyó la espalda en la barandilla y apretó los senos contra su pecho.

—Dime que tú también me deseas.

Él le apretó la erección contra el estómago.

—¿A ti qué te parece?

—Dímelo con palabras, Lázaro. Dime que me deseas a mí. No mi posición social ni mis contactos, sino a mí.

Los ojos de Lázaro se oscurecieron.

—Te deseo a ti.

—Pronuncia mi nombre. Necesito oírlo.

—Te deseo, Vanessa.

Ella suspiró.

—Oh, Lázaro...

Lázaro le dio un beso lleno de pasión ante el que ella respondió del mismo modo, sin inhibición alguna. Después, él la alzó en brazos y la llevó al interior del ático.

–Esta vez lo haremos en la cama –dijo.

Vanessa había evitado el dormitorio de Lázaro, y no por casualidad. Cuando miraba la enorme cama, su imaginación se desbordaba y terminaba por fantasear sobre lo que se sentiría al hacer el amor con él.

–¿Nerviosa?

–Sí, un poco –admitió.

Lázaro la dejó en la cama y ella se estremeció.

–¿Tienes frío?

–No.

Rápidamente, él se desabrochó la camisa y la arrojó al suelo. Vanessa no pudo hacer nada salvo contemplar la perfección de su cuerpo. Ya habían hecho el amor una vez, pero eso no significaba que hubiera dejado de intimidarla. Era un hombre con mucha experiencia, un hombre fantástico en la cama. Y no se sentía a su altura en ese sentido.

–No, es que...

–¿Sí?

–Es que no sé si puedo competir con el recuerdo de las muchas mujeres con las que te has acostado –le confesó.

Lázaro la tomó de la mano y la besó con dulzura.

–Tengo un buen motivo para no acordarme de ellas, Vanessa... que nunca me importaron. Y no son ellas las que están en la cama conmigo, sino tú. Cuando te miro, sé que tú eres la única mujer que me interesa.

Vanessa se dijo que, por el momento, se contentaría con aquellas palabras y se negaría a preguntarse si él sentía lo mismo por ella. Se limitaría a quedarse con su deseo y a disfrutar del presente.

Lázaro se quitó el resto de la ropa y se tumbó a su lado. Luego, mientras él le bajaba las braguitas, Vanessa se liberó de los zapatos y los arrojó lejos, ansiosa por quitarse de encima los últimos obstáculos. Y cuando la volvió a tomar entre sus brazos, ella cerró los ojos e inhaló su aroma con placer, porque Lázaro Marino era todo lo que había deseado y mucho más. Era el único hombre al que deseaba.

En su excitación, dejó a un lado sus antiguos temores y se atrevió a acariciarle los bíceps, el pecho y el estómago. Entonces, él le introdujo una mano entre las piernas y ella se quedó muy quieta, asombrada con el efecto de sus caricias.

El orgasmo llegó deprisa y fue intenso, con oleadas de sensaciones que le tensaron los músculos internos.

–Me encanta mirarte cuando llegas al clímax –susurró él.

Ella soltó una risita.

–No puedo pensar en nada cuando me haces eso...

–En tal caso, lo estoy haciendo bien.

Vanessa pensó que lo estaba haciendo mucho mejor que bien. Pero no tuvo tiempo de decir nada, porque Lázaro se apartó un instante, abrió un cajón de la mesita de noche y sacó un preservativo.

Unos segundos después, volvía a estar dentro de ella. Llenando su cuerpo y regalándole una fricción tan delicada que superaba el placer del orgasmo que acababa de tener.

Vanessa se concentró en las sensaciones y se dejó

arrastrar por ellas hasta la descarga feroz que la dejó sin aire. Se sentía como si, de repente, no pesara nada. Como si él y ella fueran los únicos seres del universo.

Fue vagamente consciente del momento en que Lázaro llegó a su propio orgasmo. Y, más tarde, cuando yacían inmóviles, recuperándose del esfuerzo, le pasó un dedo por la mejilla y declaró en voz baja:

–Es curioso. Pareces distinto, pero eres el de siempre.

–¿En serio?

Ella asintió.

–Sí. Has madurado en todos sentidos y tu nariz... por cierto, ¿qué te pasó en la nariz? –preguntó con curiosidad.

–Que me la rompí.

–No me digas –ironizó.

Lázaro se apartó súbitamente de ella.

–El otro día mencionaste que tu padre siempre se ha encargado de alejarte a los pretendientes. Pues bien, mi nariz es una prueba permanente de su obsesión.

# Capítulo 10

VANESSA tuvo la sensación de que le habían sacado todo el aire de los pulmones. Las palabras de Lázaro no admitían duda alguna.

Se preguntó cómo era posible que fuera cierto, pero supo que era cierto. Porque lo explicaba todo. Explicaba la animosidad de Lázaro cuando hablaba de los Pickett y, particularmente, de su padre.

Hasta entonces, había creído que solo estaba enfadado con la vida en general. Pero no era así. Estaba enfadado con ellos, con su familia.

–¿Qué pasó?

En realidad, Vanessa no quería saber lo que había pasado. Habría preferido taparse la orejas y esconderse debajo de las sábanas.

–Dímelo tú.

–¿Yo?

–Por supuesto, Vanessa. ¿Es que nunca te preguntaste por qué desaparecí de un modo tan repentino? ¿No te preguntaste por qué no me volviste a ver? ¿No te preguntaste por qué se había ido mi madre?

–Sí, claro... claro que me lo pregunté.

Él sacudió la cabeza.

–¿Y a qué conclusión llegaste?

–Bueno... pensé que te habías marchado porque yo me había negado a acostarme contigo –respondió.

Lázaro le dedicó una sonrisa sin humor alguno.

–Vaya, parece que nos conocíamos muy poco.

–¿Qué quieres decir?

–Tú pensaste eso y yo pensé que me habías rechazado porque no era de tu clase social.

–No, no fue así... Sencillamente, me acababas de dar mi primer beso y no estaba preparada para saltar directamente a la cama.

–Lo siento, Vanessa. Dije cosas que no debería haber dicho. Creí que estabas jugando conmigo; que te gustaba para coquetear, pero nada más.

Ella sacudió la cabeza.

–No estaba jugando contigo. Pero reconozco que me preocupaba lo que la gente pudiera pensar si me descubrían.

–Si te descubrían conmigo...

–No, con cualquiera. Sin embargo, tú siempre has conseguido que pierda el control. Y, a veces, me da miedo.

Se quedaron en silencio durante unos segundos interminables. De haber podido, Vanessa habría seguido así, sin decir nada; pero no podía. Tenía una pregunta importante, que todavía no había formulado.

–¿Qué te hizo mi padre?

–No me lo hizo él, es decir, no me lo hizo en persona. Michael jamás se habría manchado las manos con algo así. Siempre tuvo un grupo de individuos que se encargaba de solucionarle los problemas engorrosos.

—¿Los problemas engorrosos?
—Sí, el trabajo sucio.
—No te entiendo...

Lázaro se puso tenso.

—No hay mucho que entender, Vanessa. Yo había cometido el pecado de tocar a su maravillosa hija.

—¿Y qué te hicieron?

—Aquella noche, cuando me marché de la casita de invitados, estaba tan nervioso que me fui a la ciudad. Los hombres de tu padre me siguieron... prefiero ahorrarte los detalles, pero cuando recobré la consciencia, estaba tumbado en un callejón y tenía la nariz rota y un montón de problemas.

Vanessa se quedó pálida.

—¿Te pegaron una paliza? ¿Mi padre ordenó que te pegaran una paliza?

—Ah... así que no lo sabías.

Ella se llevó una mano al estómago. Sentía náuseas.

—¿Pensaste que yo lo sabía? ¿Que yo...?

—Tu padre tiene una forma muy contundente de expresar sus opiniones. Y, en aquella época, pensé que tú podías tener la misma.

—Yo jamás habría...

—Lo sé. Hace tiempo que llegué a esa conclusión –la interrumpió.

Vanessa se sintió aliviada.

—Como te dije, tu padre nos echó de la propiedad de tu familia –continuó Lázaro–. Pero me temo que hizo algo más.

—¿Más?

—Se aseguró de que nadie nos diera trabajo y de

que nos desahuciaran del piso donde vivíamos. De la noche a la mañana, mi madre y yo nos encontramos en la calle. A veces teníamos un lugar donde dormir... y, a veces, no –explicó con tristeza–. Al final, la salud de mi madre se resintió mucho.

–Dios mío... –la voz de Vanessa se quebró–. Sabía que mi padre era un hombre duro y dominante, pero jamás habría imaginado... jamás habría pensado que fuera capaz de llegar tan lejos.

–Pues lo es.

–Cuando empecé a trabajar en Pickett Industries, había un hombre que estaba interesado en mí. Mi padre insistió en que no saliera con él con el argumento de que era un simple empleado. Y yo hice lo que me pidió. No quería estar con nadie que no contara con la aprobación de Michael. Pero no sabía que fuera tan... tan horrible.

Vanessa se sentía como si su mundo se estuviera derrumbando a su alrededor y el viento arrastrara los restos.

Había protegido el legado de su padre a un precio muy alto; al precio de renunciar a sus sueños. Y lo había hecho tan bien, con tanta eficacia, que ya ni siquiera se acordaba de lo que había querido ser.

Y ahora resultaba que su padre era un cobarde y un delincuente.

Porque sabía que Lázaro le estaba diciendo la verdad; una verdad espantosa, que se extendía por su organismo como un veneno, pero la verdad.

–Sin embargo, sobreviví –la voz de Lázaro sonó más dura que nunca–. Incluso hice mucho más que sobrevivir. No necesito que sientas lástima de mí.

–No siento lástima.

Era cierto. No podía sentir lástima de un hombre como Lázaro Marino. Era demasiado fuerte y orgulloso para despertar ese tipo de sentimientos.

Pero se sentía traicionada.

Traicionada por la sangre de su sangre, por el hombre cuyo legado había jurado preservar a toda costa, por un hombre que no había dudado en arruinar la vida de otras personas con tal de salvar su visión del mundo.

Y odió a su padre con todas sus fuerzas.

–Es agua pasada, Vanessa. Lo único que lamento es que mi madre viviera sus últimos días en la pobreza, sin tener las cosas que habría merecido... Pero, por otra parte, fue un momento decisivo en mi existencia.

Vanessa no dijo nada. Le dejó hablar.

–Entonces, me di cuenta de que debía seguir adelante y llegar a lo más alto, aunque solo fuera para aplastar a los hombres como tu padre.

Por su tono de voz, Vanessa supo que se había equivocado al pensar que Lázaro estaba dominado por la vanidad. No había comprado las acciones de Pickett Industries por regodearse en su éxito, sino por un sentimiento más profundo.

Buscaba venganza.

Y la estaba utilizando para buscar venganza.

–Anda, vuelve a la cama conmigo –dijo él.

Vanessa no supo qué hacer. Por una parte, le comprendía mejor que nunca; por otra, se resistía a ser un peón en su juego.

Habría preferido que las cosas fueran más sencillas, que Lázaro solo fuera un hombre ambicioso, que no tuviera un buen motivo para iniciar aquella cruzada personal contra los Pickett. Pero las cosas eran complicadas; tanto, como la combinación de emociones contradictorias que la dominaban en ese instante y que casi no le dejaban respirar.

–No sé. Quizás debería marcharme...

–No, vuelve a la cama conmigo. Tienes que dormir un poco. Recuerda que mañana volvemos a Estados Unidos.

Ella asintió.

Estaba agotada. Y como estaba agotada y necesitada de sentirse entre sus brazos, se metió en la cama con él.

Lázaro acarició su cuerpo suavemente, sin más intención que tranquilizarla.

Vanessa cerró los ojos y, antes de quedarse dormida, se preguntó cómo era posible que un hombre tan lleno de rabia, un hombre que la estaba utilizando abiertamente, le hiciera sentirse más querida y más deseada que nadie.

Volver a Boston fue volver a la realidad.

Lázaro estaba muy ocupado y ella tenía un montón de papeleo en el trabajo porque los fósiles que seguían en Pickett Industries desconocían la posibilidad de enviar documentos por correo electrónico.

Su despacho se convirtió, una vez más, en su hogar; y su vida privada volvió a desaparecer, si es que alguna vez la había tenido. Pero eso no era tan terrible como acostarse sola. Echaba de menos a Lázaro.

Por suerte, aquella noche se iban a ver. Después del trabajo, la iba a llevar a una gala benéfica que históricamente se reservaba a un grupo social de lo más selecto. Los Pickett siempre estaban en la lista de invitados y, como se había corrido la voz de que Vanessa se iba casar con Lázaro, también lo invitaron a él.

Por lo visto, su acuerdo matrimonial empezaba a tener consecuencias. Lázaro se estaba abriendo paso en la alta sociedad.

Mientras pensaba en ello, sonó el timbre del intercomunicador.

—¿Sí?

—Tu padre está aquí —le informó su secretaria—. Quiere verte.

Vanessa tragó saliva.

—Está bien. Dile que pase.

Michael Pickett entró en el despacho con expresión sombría. Su cara era la viva imagen de la desaprobación.

—¿Has estado de vacaciones?

—Sí, me he tomado unos días para estar con mi futuro esposo —respondió, restando importancia al asunto.

—¿Te lo puedes permitir?

—Si quiero que mi matrimonio sea un éxito, sí.

—Ya. Pero seguro que no me has llamado para hablar de tu relación con Lázaro Marino, ¿verdad?

—No. Te he llamado por otra cosa.

Vanessa se levantó y apoyó las manos en la mesa con la esperanza de que el gesto irradiara la confianza que ella no sentía.

—Sé lo que le hiciste a Lázaro.

Su padre ni siquiera parpadeó.

—Me lo imaginaba.

—Eres un canalla sin sentimientos.

—Lo hice por ti, Vanessa; lo hice para evitar una situación como la que sufres ahora... para impedir que te casaras con un hombre inferior a ti.

—¿Inferior a mí? ¿Crees que es inferior porque no nació rico? –preguntó, incapaz de creer lo que estaba oyendo–. Lázaro es mejor persona de lo que tú serás nunca. Y tú lo sabes. Haces lo posible por aplastar a los hombres como él porque tienen algo que no tienes. Es brillante. Sabe resolver problemas. Hasta es posible que sepa arreglar el desastre de la empresa donde estamos ahora.

Michael Pickett la miró con frialdad.

—¿Me has llamado sin más intención que la de darme una conferencia llena de moralina apasionada? ¿O tienes algo serio que decir?

—Tengo algo que decir.

—Entonces, no me hagas perder el tiempo.

—Te asegurarás de que Lázaro entre en la alta sociedad con tus bendiciones personales –le ordenó–. Porque, si no lo haces, dejaré que este lugar se derrumbe. O mejor aún, lo derrumbaré yo misma, ladrillo a ladrillo.

—Insolente. Desagradecida...

—No creo que comprendas bien la situación, papá. Entre Lázaro y yo tenemos mayoría absoluta en el accionariado. Tú ya no tienes el poder. Y no puedes acudir a tus viejos amigos de la empresa, porque ahora están del lado de Lázaro.

–¿Serías capaz de desmantelar el legado familiar? ¿El que tanto significaba para tu hermano? ¿El que él habría hecho florecer?

–¿Por el hombre al que amo? Sin dudarlo un segundo –respondió.

Hasta que pronunció esas palabras, ni la propia Vanessa había sido consciente de que se había enamorado de Lázaro. Por él, era capaz de mover tierra y cielo. Por él, era capaz de enfrentarse a su padre.

–Lázaro ya no es el jovencito al que ordenaste que pegaran una paliza y dejaran medio muerto en un callejón. Y en cuanto a mí, ya no soy una adolescente... no voy a acatar órdenes sin pensar. Y Lázaro, por mucho que te disguste, no se va a ir.

Vanessa miró fijamente a su padre, esperando una reacción, pero la cara de Michael Pickett permaneció impasible y el silencio se extendió durante varios segundos.

–Muy bien. Me encargaré de que sea bien recibido entre la élite. A fin de cuentas, es mi futuro hijo político.

–En efecto. Lo es.

Su padre salió del despacho y la dejó con un dolor profundo en el alma y en los dedos, de apoyarse con demasiada fuerza en la mesa.

Había hecho lo que podía hacer. Ya no podía permitir que su padre se alzara con ninguna victoria, ni con respecto a su vida ni a la de Lázaro. Porque ahora sabía quién era en realidad; a quién había estado protegiendo y defendiendo durante años.

Todavía no se había recuperado del enfrentamiento

cuando su secretaria la volvió a llamar por el intercomunicador.

–Sí, dime...

–El señor Marino ha enviado una limusina.

–¿Y el señor Marino está en esa limusina?

–Creo que no.

Vanessa se sintió decepcionada. Le había enviado un coche pero no estaba en él.

Sin embargo, se dijo que así era la vida con los hombres ricos y poderosos. Solo eran atentos con la gente cuando la gente servía a sus intereses.

No podía esperar nada más.

–De acuerdo. Bajaré enseguida.

# Capítulo 11

LÁZARO sintió una punzada en el corazón cuando Vanessa entró en el salón de su casa de Beacon Hill.

Iba con su ropa de trabajo, unos pantalones de vestir y zapatos altos combinados con una chaqueta oscura y un top de color intenso. Se había recogido el pelo en una coleta y se había puesto carmín rosa pálido, perfecto para reuniones de negocios.

Pero se vistiera como se vistiera, siempre conseguía acelerarle el pulso. Y cuando no llevaba nada puesto, era peor.

La había echado de menos durante los días anteriores. Esperaba que la separación le ayudara a recobrar el control de sus propias emociones, pero era evidente que no había servido de nada. Se excitó en cuanto la vio.

–Tenía intención de pasar por casa para cambiarme de ropa y ponerme un vestido –dijo ella–. No sabía que querrías que nos viéramos aquí.

–No te preocupes por eso. Te he comprado un vestido.

Ella lo miró con asombro.

–¿Que me has comprado un vestido? ¿Para una

sola noche? Me parece completamente innecesario... tengo uno que me pensaba poner.

–Pues ya no lo necesitarás.

Lázaro había visto el vestido en un escaparate de Buenos Aires y había pensado que sería perfecto para ella. En cuanto pudo, se puso en contacto con el diseñador, le pidió uno de un color que creyó que le gustaría, y ordenó que lo enviaran a Boston para que llegara antes de la gala benéfica.

Era el tipo de vestido que debía tener.

Algo hecho exclusivamente para ella. Algo bonito y caro.

Porque Vanessa merecía todo lo que le pudiera dar.

–¿Por qué no me lo preguntaste antes?

–Porque quería que fuera una sorpresa.

El asombro de Vanessa se transformó en curiosidad.

–Está bien... enséñamelo.

Lázaro la llevó hacia el arco que separaba la cocina de la casa del salón y del comedor, que formaban un loft. Después, avanzó por un pasillo, abrió la puerta de su dormitorio y la invitó a entrar.

Al verla allí, tan delicada y bella, tan contrapuesta a la sobria decoración, Lázaro cayó en la cuenta de que había estado viviendo de forma muy espartana. Los tonos metálicos, negros y grises del dormitorio hacían que Vanessa pareciera fuera de lugar.

Pero nunca se había interesado por esas cosas. Sobre todo, porque Vanessa era la primera mujer que accedía a su habitación y la primera persona que había estado en su casa en mucho tiempo.

Ella avanzó hacia la cama y miró el vestido, que Lázaro había dejado sobre el edredón. Era de seda, de color rojo. E incluso se había tomado la molestia de comprarle unos zapatos de aguja a juego con la prenda.

Frunció el ceño y dijo:

–No sabía que fuera una gala apropiada para llevar vestidos rojos.

Él reaccionó con humor.

–Razón de más para que lleves uno.

–¿Para que destaque sobre las demás?

–Para que todo el mundo nos mire.

–¿Y crees que eso es bueno?

Lázaro se empezó a sentir frustrado.

–Sí. Quiero que se fijen en nosotros. Que sepan que estoy contigo.

Ella volvió a fruncir el ceño.

–Ah, comprendo.

–También te he comprado un chal. Está noche hará frío.

–Ya.

Lázaro salió de la habitación, visiblemente contrariado.

Vanessa examinó el vestido y el chal que estaba doblado junto a él. Era un regalo extraordinariamente íntimo, pero su prometido se lo había hecho de tal forma que parecía todo lo contrario.

Más que un vestido, cualquiera habría pensado que era un uniforme acorde a lo que Lázaro esperaba de ella esa noche. Quería asegurarse de que cumpliría fielmente su papel para que la gente no tuviera más remedio que mirarlos.

Para utilizarla a ella como símbolo de estatus social.

Y le pareció tan repugnante que se le hizo un nudo en la garganta.

–Oh, Lázaro...

Dolida, se preguntó qué diferencia había entre su padre y él. Sabía que, a diferencia de Michael, Lázaro jamás habría sido capaz de hacer daño a nadie. Pero eso no cambiaba los hechos. Ella solo era un objeto, una posesión.

Algo suyo.

Un símbolo rojo de su poder.

Levantó el vestido por las tiras de los hombros, finísimas, y admiró la delicadeza de la tela. No podía negar que se lo había buscado a pulso. Se había metido en la trampa sin ayuda de nadie y ahora era poco más que un trofeo, un accesorio que tendría que acatar los deseos de Lázaro en público para que pudiera ascender en la escala social.

Tenía lo que había aceptado tener. Pero en ese momento le pareció insoportable.

Con manos temblorosas, se quitó el top y los pantalones, los dobló lentamente y los dejó en la cama. Cuando ya estaba desnuda, volvió a alcanzar el vestido y se lo puso por encima mientras se miraba en el espejo.

Era tan ajustado y tan sexy que tuvo que retorcerse un poco para metérselo, aunque quedaba bastante más respetable con el chal por encima de los hombros.

Su situación no podía ser más difícil. De haber querido, no habría encontrado las fuerzas necesarias para alejarse de Lázaro; pero tampoco sabía si las tendría para quedarse e interpretar el papel que esperaba de ella.

Se volvió a mirar al espejo y tomó una decisión.

Si quería un espectáculo público, se lo daría. Y, si no le gustaba, peor para él.

El lugar estaba abarrotado de hombres y mujeres, la mayoría de los cuales había optado por vestirse de negro. Vanessa se sintió fuera de lugar. Era la primera vez que asistía a un acto público con una ropa completamente inapropiada. Pero a Lázaro le había encantado; se la había comido con los ojos cuando salió del dormitorio y no había dejado de tocarla desde que llegaron a la fiesta.

Suspiró y aceptó la copa de champán que le ofreció un camarero. Si el objetivo de Lázaro era que llamara la atención, lo había conseguido. Aunque algo más de lo que él pretendía, porque Vanessa se había negado a ponerse el chal.

Incómoda, intentó hacer caso omiso de las miradas que recibía.

Pero no todo el mundo la miraba a ella. Las mujeres miraban a Lázaro, que estaba imponente con su corbata roja y su traje negro a medida, que enfatizaba la fuerza de su fabuloso cuerpo. Además, no había perdido ni un ápice del carisma natural que tanto le había gustado a Vanessa a sus dieciséis años.

En el fondo, se sentía orgullosa de él y de todo lo que había conseguido.

—Lázaro... —dijo un hombre que Vanessa reconoció porque frecuentaba la casa de su padre–. Quería hablar contigo sobre lo que está pasando en Garrison Limited.

–¿En serio?

–Sí. Las cosas están algo complicadas. He pensado que tal vez podrías asesorarme sobre lo que podemos hacer.

–Llama a mi secretaria y pide una cita.

–Lo haré, pero... ¿podrías venir un momento? Me gustaría presentarte a mi socio.

Vanessa notó que Lázaro se ponía en tensión.

–Por supuesto –respondió, diplomático–. ¿Me sostienes la copa un momento, Vanessa? Vuelvo enseguida.

Lázaro le dio su copa de champán y se alejó. Vanessa se sintió completamente humillada. La escena le había recordado a la que había visto aquella noche en el museo de arte, antes de acercarse a él, cuando Lázaro dio su copa a una rubia que se encontraba a su izquierda como si fuera poco más que una camarera a su servicio.

Pero sabía que no era como aquella mujer.

Su caso era cien veces peor. Se había comprometido a casarse con Lázaro para que él pudiera utilizar su apellido y sus contactos. Cosas que no podía tener de otro modo. Y que seguramente habría preferido tener de otro modo si hubiera sido posible.

Al fin y al cabo, Lázaro odiaba a los Pickett. Todo aquello formaba parte de una venganza personal contra su padre. Pero, por mucho que Vanessa lamentara los pecados de Michael, no eran sus pecados. Nunca lo habían sido. Ella no había cometido más delito que el de enamorarse del hombre con quien se iba a casar.

Porque se había enamorado de él. Y él, a cambio, solo la quería como trofeo y como símbolo de estatus.

Se preguntó si sería capaz de soportar toda una vida de matrimonio en esas condiciones. Estaba acostumbrada a que la manipularan; su propio padre no había hecho otra cosa que manipularla con el recuerdo de Thomas para que hiciera lo que quería. Y Lázaro tenía más poder sobre ella que Michael. Porque tenía su corazón.

Sacudió la cabeza y se dijo:

—No.

No podría soportarlo.

No podía quedarse con Lázaro y contentarse con las migajas de su afecto, como mucho. Ella merecía más. Merecía lo que cualquier persona. Libertad e independencia para tomar sus propias decisiones.

Decisiones como la que ya había tomado.

Miró a Lázaro, que estaba enfrascado en una conversación con los dos hombres, y dejó las copas de champán en una mesa.

Luego, se dio la vuelta, salió del edificio y se dirigió al coche que los había llevado. En cuanto vio al chófer, le dijo:

—Necesito que me lleve.

—¿Vanessa?

Vanessa reconoció la voz que sonó al otro lado de la puerta. Era la voz de Lázaro y sonaba con un fondo de desesperación.

Cuando abrió, descubrió que se había soltado la corbata y abierto los botones superiores de la camisa.

–¿Dónde te habías metido?

–Me marché.

–Sí, eso ya lo sé. Te he estado buscando por todas partes. Empezaba a pensar que te había ocurrido algo malo –declaró con preocupación.

Lázaro la miró con detenimiento. Vanessa se había quitado el vestido y el maquillaje y se había puesto unos pantalones de pijama y una camiseta. Por el brillo de sus ojos y los restos de rímel en sus mejillas, supo que había estado llorando.

–¿Qué ha pasado, Vanessa? ¿Alguien te ha hecho daño?

Lázaro entró en la casa sin esperar invitación.

–No. Bueno... Sí.

–No te entiendo...

–Me he dado cuenta de una cosa.

–¿De qué?

Ella frunció el ceño.

–De que no me puedo casar contigo. De que no me quiero casar contigo.

Las palabras de Vanessa le causaron un dolor profundo. Lázaro se sintió como si le estuviera arrancando el corazón.

–Pero tenemos un acuerdo...

–Ya se nos ocurrirá otra cosa. No me quiero casar.

–¿Por qué, Vanessa? ¿Porque no te ha gustado que la gente te mirara esta noche y te viera conmigo? ¿Porque ese maldito vestido no es suficientemente bueno para ti? ¿Porque quieres un anillo de compromiso más grande? ¿Es eso?

—Lázaro...
—Basta —la interrumpió.
Lázaro estaba completamente desesperado. No estaba dispuesto a perderla. No por segunda vez.
—Te casarás conmigo, Vanessa.
Ella sacudió la cabeza.
—No. Ya no necesito dirigir Pickett Industries. Ya no me importa ni el legado de mi padre ni sus intereses económicos.
—¿Y qué pasará con los empleados de la empresa? ¿Qué pasará con sus puestos de trabajo? —le recordó.
—No pasará nada. Tú me sustituirás en el cargo.
—¿Y si ya no hay empresa?
Vanessa dio un paso atrás y se llevó las manos al pecho.
—¿Qué insinúas?
—He comprado más acciones.
A decir verdad, Lázaro no había dejado de comprar en ningún momento. Compraba siempre que se presentaba una buena oportunidad. Y se alegró de haber seguido con su costumbre, porque ahora tenía una carta extra en la manga.
—¿Cuándo?
Vanessa se había quedado atónita.
—Todo el tiempo. La valoración de la empresa está cayendo en picado y hay mucha gente que aprovecharía la situación si yo no me adelanto. Ahora tengo una mayoría más que suficiente en el accionariado de Pickett Industries. Y las perspectivas son tan malas que no me costaría convencer a la junta directiva para que venda la empresa y sus bienes.
—Pero no es posible...

–¿Por qué?

–Muchos de nuestros empleados llevan veinte años con nosotros. Si cierras la empresa, se quedarán sin trabajo y no podrán conseguir otro. Sabes perfectamente que las cosas están muy difíciles.

–La decisión es tuya, Vanessa.

–¿Mía?

–Si te niegas a casarte conmigo, perderán sus empleos.

Lázaro dio media vuelta y se alejó de ella.

Sabía que la estaba extorsionando, pero no encontraba otra solución. No la podía perder. La necesitaba.

En cuanto a Vanessa, fue como si la tierra se abriera bajo sus pies. Había pensado que podía vender su casa, cortar los lazos con su familia y marcharse lejos. Dejar de ser una Pickett y empezar a ser, simplemente, ella misma.

Incluso había considerado la posibilidad de retomar sus sueños de juventud y empezar a estudiar fotografía.

Pero su fantasía se había hundido por completo, aplastada por la realidad del hombre que había llamado a su puerta esa noche.

Pensó en todas las familias que perderían sus puestos de trabajo. Cientos de personas, hombres y mujeres que, en algunos casos, llevaban tanto tiempo en Pickett Industries que no tenían más experiencia laboral.

Le pareció profundamente injusto.

Injusto para ella e injusto para ellos.

–¿Por qué no puedes dejarme en paz? –preguntó en voz baja.

Lázaro pensó que todo habría sido más fácil si hubiera podido dejarla en paz, pero no podía. Llevaba doce años esperando a Vanessa y no la iba a perder.

Mientras esperaba una respuesta, que no llegó, ella se cruzó de brazos y comprendió que estaba atrapada. Ya no se trataba del legado de su familia ni de su propia independencia, sino del futuro de sus trabajadores.

–Lázaro...

Lázaro se dio la vuelta.

–¿Sí?

–Está bien, me casaré contigo.

Él la miró con detenimiento. Bajo la expresión furiosa de Vanessa, subyacía una tristeza tan profunda que Lázaro no tuvo ni el menor sentimiento de triunfo. Solo quería tomarla entre sus brazos e intentar animarla. Y lo habría hecho con gusto, pero supo que no habría sido bien recibido en ese momento.

–Mañana llamaré por teléfono a la empresa que se encargará de organizar la boda. Quiero que nos casemos tan pronto como sea posible.

Ella asintió.

–Haré lo que tenga que hacer.

Lázaro asintió.

Ya la tenía, ya era suya. Se iba a casar con él.

Y, no obstante, se sintió como si la hubiera perdido.

# Capítulo 12

EL DÍA de la boda llegó dos semanas después. Y el tiempo pasó muy deprisa, entre la angustia y algunos destellos de felicidad que se ahogaban enseguida en una realidad feroz.

Vanessa odiaba aquella realidad. Prefería sus fantasías y echaba de menos la semana que habían pasado en Buenos Aires.

Pero, por fin, llegó el momento.

El sol brillaba más de lo que le habría gustado, los pájaros cantaban más alto de lo que le habría gustado, el aire estaba más limpio de lo que le habría gustado y ella no se podía esconder en ninguna parte.

Miró el ramo de flores que llevaba y se lo cambió de mano. Orquídeas. Un ramo precioso, al igual que su vestido blanco, que se ajustaba a las curvas de su cuerpo y resaltaba toda su figura. Era un vestido elegante, refinado y sin un solo detalle de exageración. Un vestido adecuado para ella.

La situación no podía ser más romántica, ni contrastar más con el acuerdo prematrimonial que había firmado aquella misma semana para separar sus propiedades y las de su marido y establecer normas sobre los niños que tuvieran y sobre las consecuencias de posibles infidelidades.

Ese había sido uno de los momentos más terribles de aquellos días. Y el de la boda en la catedral de Saint John, con sus vidrieras y sus arcos, el más bonito.

La ceremonia estaba saliendo tan bien como si la hubiera estado organizando durante años.

Pero de haber podido elegir, habría preferido ser una novia de verdad. Y habría preferido que su novio la amara tanto como ella lo amaba a él. Porque, a pesar todo, lo amaba. Lázaro Marino siempre había sido dueño de su corazón.

Y no era de extrañar. A diferencia de los demás, Vanessa no se dejaba engañar por su fachada. Veía al hombre real y al chico de sonrisa fácil que había sido. Al chico al que su padre había ordenado que pegaran una paliza.

Toda la rabia y la furia de Lázaro eran responsabilidad de Michael Pickett.

Por eso se había negado a que su padre la llevara del brazo al altar. Prefería ir sola. No quería que Michael, precisamente Michael, la entregara a Lázaro.

Al llegar al altar, miró al hombre que se iba a convertir en su esposo y todo cambió durante unos segundos. Fue como si las complicaciones desaparecieran al instante. La expresión de Lázaro se volvió suave y su mirada, más intensa. Pero en aquella mirada había algo más que pasión. Había, sorprendentemente, ternura.

Por desgracia, el momento terminó tan deprisa como había llegado y Lázaro se ocultó otra vez tras su imagen de hombre duro.

Tras los votos, el sacerdote los declaró marido y

mujer y los invitó a besarse. Vanessa llevaba dos semanas sin tocar a Lázaro y su corazón se inundó de felicidad al comprender que la pasión de sus ojos no era fingida.

Lázaro le echó el cabello hacia atrás y le acarició la mejilla, pero no la besó; se limitó a observarla.

Era evidente que estaba esperando.

Esperaba que fuera ella quien tomara la decisión.

Así que Vanessa se apretó contra él, alzó la cabeza y le dio un beso. Solo entonces, él se dejó llevar.

Fue un beso tan apasionado que, cuando se apartaron, los dos respiraban con dificultad. Vanessa se ruborizó cuando se dio cuenta de que los invitados los estaban mirando. Durante unos momentos, había perdido el sentido de la realidad.

Lázaro se dirigió al sacerdote y dijo en voz alta, para que todos lo oyeran:

—Soy un hombre muy afortunado.

Su declaración rompió la tensión del ambiente y conquistó las risas de todos, hasta de los más conservadores. Pero el rubor de Vanessa aumentó. Y también aumentó su deseo de tener más de él, de hacer más, de hacerle el amor.

Aquella noche era su noche de bodas. La única cosa que parecía lógico y correcto en todo aquel asunto. Pero después de lo que había pasado, no estaba segura de que saliera bien. No estaba segura de nada.

Bajaron del altar y empezaron a caminar por el pasillo.

Cuando la gente los empezó a aplaudir, los ojos de Vanessa se llenaron de lágrimas. Su sentimiento de soledad era tan intenso que temió que la acompañara para siempre.

–Me he encargado de que te traigan todas tus cosas –dijo Lázaro cuando llegaron a su piso–. Tu ropa y el resto de tus pertenencias están en la habitación contigua a la mía.
–Ah. ¿Y los muebles?
–Siguen en tu casa. Naturalmente, te puedes quedar con ella, venderla o alquilarla. Aunque no necesitamos dos casas en la misma ciudad.
–Claro.
Vanessa cruzó el salón, sintiéndose desorientada y fuera de lugar. Se suponía que aquel iba a ser su hogar, pero no le parecía suyo. A diferencia de su casa, que era un lugar cálido y agradable, donde siempre se sentía bien, la decoración del piso de Lázaro era tan fría y minimalista que casi parecía una oficina.
–Supongo que ya lo has conseguido, Lázaro.
–¿A qué te refieres?
Ella se encogió de hombros.
–Ya tienes todo lo que querías. Eres rico; el hombre más rico de Boston y, probablemente, de los Estados Unidos. Te has convertido en accionista mayoritario de Pickett Industries y ahora me tienes a mí, tu puerta de entrada a la alta sociedad... supongo que ya no te queda nada por conseguir.
Los ojos de Lázaro se oscurecieron.
–Siempre queda algo por conseguir.
–¿Qué?
–Siempre queda trabajo que hacer.

—Comprendo.

—Y hablando de trabajo, tengo que hacer unas cuantas cosas —le informó—. Podemos cenar juntos, más tarde.

—Como quieras.

Vanessa se dedicó a pasar por la casa, completamente desconectada con la realidad. Por una parte, había cortado los lazos con su padre; pero, por otra, también parecía haber perdido los lazos que Lázaro y ella habían establecido en Buenos Aires.

Parpadeó y echó un vistazo a su alrededor.

Definitivamente, el piso de su esposo no era de su agrado. Y para empeorar las cosas, su esposo no la amaba.

Pero tenían pasión y ella, opciones.

Durante muchos años, había permitido que otras personas decidieran en su lugar. Había interpretado el papel de hija abnegada y responsable, dispuesta a sacrificar sus propios sueños para defender el legado de la familia.

Sin embargo, ella no era ni abnegada ni responsable en ese sentido. Solo había sido cobarde. Una mujer con tanto miedo que permitía que su padre y otros la manipularan. Y, al final, ese error la había empujado a casarse con un hombre que no la quería.

Se sentó en el sofá y se recordó que, en cualquier caso, la decisión de casarse había sido estrictamente suya. Como lo había sido la de renunciar a la fotografía y estudiar Empresariales para satisfacer a Michael.

No podía culpar a los demás.

Y, si quería cambiar las cosas, tendría que ser ella misma quien las cambiara.


La cocinera de Lázaro decidió que los recién casados tenían que cenar solos, de modo que se marchó después de servirles la comida. Y cuando se marchó, Vanessa se encontró sentada frente a su estoico marido, buscando una conversación para no quedarse atrapada en un silencio incómodo.

–Quiero dejar de dirigir Pickett Industries –declaró con firmeza–. Mantendré mis acciones, por supuesto, pero ya no quiero trabajar allí.

Él arqueó una ceja.

–¿Y qué quieres hacer?

–Lo que siempre quise. Estudiar Fotografía.

–Si quieres hacerlo, hazlo.

Vanessa lo miró con asombro. Esperaba que se opusiera a su decisión.

–¿Lo dices en serio?

–Naturalmente.

–Pero...

–Como te dije en Buenos Aires, quiero que seas feliz.

–Pues no parece que las apuestas estén a mi favor.

–¿Por qué dices eso?

–Porque... bueno, ya sabes –respondió, clavando la mirada en su plato de pasta–. No hemos mantenido una relación precisamente cálida durante las dos últimas semanas.

–Pues quiero que lo sea.

—¿Cómo lo va a ser? Me has obligado a casarme contigo...

Lázaro le dedicó una mirada triste.

—Vanessa, yo no te he obligado a nada.

Ella alcanzó su copa de vino y echó un trago.

—Aun así, los dos sabemos que las circunstancias no han sido las mejores.

—Y aun así, quiero que seas feliz —insistió él.

—¿Cómo? No nos hemos casado para encontrar la felicidad en el matrimonio, sino por algo completamente distinto.

Lázaro suspiró, miró la vela que la cocinera había puesto en la mesa para crear un ambiente romántico y sacudió la cabeza.

—No, no nos hemos casado para encontrar la felicidad —admitió—. Solo ha sido un asunto de negocios.

—Y de venganza.

—Sí, también. Aunque nunca tuve intención de buscar venganza...

—Pero la tentación era demasiado grande. Lo sé y lo entiendo de sobra. Simplemente, me disgusta estar en mitad de esa guerra... aunque ya no tienes que preocuparte por nada. Hablé con mi padre y le expliqué la situación con claridad. A partir de ahora, te pondrá una alfombra roja en tu camino hacia el éxito.

—¿Cómo lo has conseguido?

Vanessa volvió a bajar la mirada.

—Le amenacé.

—¿Amenazaste a tu padre?

—Sí. Te habrías sentido orgulloso de mí. De hecho, utilicé la misma amenaza que tú usaste conmigo. Le dije que estaba dispuesta a desmantelar Pickett Industries yo misma, ladrillo a ladrillo... porque lo que te hizo a ti y lo que me ha hecho a mí durante toda mi vida, es profundamente injusto.

–¿Y cómo te sentiste después de enfrentarte a él?

Vanessa jugueteó un momento con su copa.

–Durante diez minutos, me sentí libre –le confesó.

Lázaro guardó silencio. Vanessa alzó la mirada y añadió:

–Estoy cansada. Creo que me voy a acostar.

Se levantó de la mesa, esperando que él la detuviera, la besara y le pidiera que se acostaran juntos. Pero no se lo pidió.

–Buenas noches, Vanessa.

–Buenas noches, Lázaro.


Vanessa se sentía vacía. Su cama estaba vacía. Todo estaba vacío.

Se tumbó boca arriba y se dedicó a mirar el techo, tan lustroso y despejado como el resto de la casa.

Se preguntó si Lázaro se habría acostado, si estaría dormido.

Era su noche de bodas y le parecía mal que durmieran separados; pero también le parecía mal la distancia que se había establecido entre ellos.

Y ella era la principal responsable de esa distancia. Al fin y al cabo, había intentado romper su compromiso matrimonial y se había alejado emocionalmente de él porque tenía miedo de sus sentimientos por Lázaro; unos sentimientos demasiado fuertes, que se hundían en su interior como las ramas de un árbol en la tierra.

Lo amaba. Amaba lo que había sido y en lo que se había convertido. Amaba al hombre decidido y brillante que, a pesar de su éxito, seguía cargando el dolor de sus inicios. Además, Vanessa conocía bien ese dolor. Lo conocía porque tenía una habilidad especial para decir cosas que reabrían sus heridas y le hacían daño.

Lázaro pensaba que él no era suficiente para ella. Vanessa lo sabía porque pensaba lo mismo de sí misma. Lázaro se había casado con ella por su estatus social y ella se había casado por el bien de los Pickett. Pero las cosas distaban de ser tan sencillas; porque, para empeorar la situación, estaba enamorada de él.

Y lo deseaba. Quería olvidar el pasado, superar el dolor y sentirse viva.

Se levantó de la cama, salió del dormitorio y se dirigió al entresuelo que dominaba el salón, desde cuyas ventanas se veían los edificios de Boston en la noche.

Aquella casa no le parecía su hogar. Pero la ciudad lo era.

Segundos después, llamó a la puerta del dormitorio de Lázaro.

–¿Eres tú, Vanessa? –preguntó una voz somnolienta.

Ella abrió la puerta y entró.

–No podía dormir. Es nuestra noche de bodas y, sinceramente, no me parece bien que durmamos separados.

–Dijiste que estabas cansada... ¿qué querías que hiciera? ¿Que tumbara la puerta de tu habitación y te obligara a hacer el amor?

Lázaro estaba tumbado en la cama, desnudo, con una sábana que le cubría las piernas y la cintura. Ella intentó apartar la vista de su magnífico cuerpo, pero no lo consiguió.

–No, claro que no. Sin embargo... no quiero estar sola.

–Ni yo.

Él le hizo sitio en la cama y apartó la sábana.

–Ven conmigo, Vanessa.

Vanessa se tumbó a su lado, excitada y le acarició el pecho.

–Te he echado de menos –confesó.

Aquel era el hombre del que se había enamorado. Y estaba con él.

Lo demás carecía de importancia. La venganza, el estatus social, la empresa, todo. Solo importaba lo que sentía con Lázaro.

–Y yo a ti.

Él le apartó el pelo de la cara, le tomó una mano y se la besó.

A Vanessa se le hizo un nudo en la garganta al preguntarse qué habría ocurrido si los dos hubieran nacido pobres y no se hubieran separado nunca. Tal vez vivirían en un casita con un jardín, llena de niños y de instantáneas de su boda. Sin todas las complicaciones y la ira de la vida que les había tocado vivir.

Con amor.

Cerró los ojos y contuvo las lágrimas. Al menos, ahora no estaba viviendo una fantasía. Su matrimonio era real.

–Nunca me cansaré de ti, Vanessa. Nunca me cansaré de esto.

La besó en los labios y ella se estremeció de dolor. Contrariamente a lo que había afirmado, estaba segura de que se cansaría. Ella solo era un símbolo, una prueba de su poder. En su opinión, le había pedido el matrimonio no solo porque le conviniera, sino porque ella lo había rechazado doce años antes y él no era hombre que aceptara negativas.

Pero estaba harta de pensar en esos términos. Quería concentrarse en las manos y en los labios de Lázaro, en todas las cosas maravillosas que le podía hacer.

–Me alegra que no duermas con pijama... –le dijo.

Mientras hablaba, metió una mano por debajo de la sábana y la cerró sobre el sexo de Lázaro, que ya tenía una erección.

–Sí. Es de lo más conveniente, ¿verdad? –comentó él con una sonrisa.

–Déjame que pruebe algo...

Vanessa descendió sobre su cuerpo y cerró la boca alrededor de su pene. Lázaro apretó los dientes y le acarició el cabello mientras ella lamía una y otra vez, sintiendo el placer intenso de ser capaz de dar placer.

Al cabo de unos momentos, Lázaro tensó las piernas.

–Vanessa, te prometo que otro día te dejaré que sigas hasta el final... pero ahora te necesito, cariño.

Su voz sonó rota, quebrada. Vanessa reconoció su significado porque ella sentía lo mismo. Llevaba demasiado tiempo sin él, sola. Para el resto del mundo, ella era el papel que interpretaba; para Lázaro, la mujer real, la que se ocultaba detrás de su fachada.

Y era el único hombre que la podía hacer feliz.

Se incorporó, se puso a horcajadas sobre él y se inclinó hacia delante para ponerle las manos en el pecho y besar su boca. Lázaro se limitó a mirarla y a esperar. Le estaba concediendo el control de la situación.

Ella sonrió y cambió de posición ligeramente, llevando su erección hacia la entrada de su cuerpo, ya preparado para recibirlo. Lázaro la ayudó un poco y ella bajó lentamente y soltó un suspiro de placer al sentirse llena.

Entonces, se empezó a mover. Primero con timidez y luego, cuando Lázaro cerró las manos sobre sus caderas, urgiéndola, más deprisa.

Vanessa sentía el clímax que crecía en su interior con cada acometida, cada roce, cada sensación de placer puro. Y por el estremecimiento de su marido, supo que él también estaba a punto.

Momentos después, Lázaro se movió bruscamente hacia arriba y la llevó a un orgasmo que recorrió su cuerpo *in crescendo*.

–Lázaro...

Vanessa le clavó las uñas en los hombros.

Lázaro soltó un gemido profundo al deshacerse en ella y Vanessa se colapsó sobre él, con la cabeza apoyada en su pecho cubierto de sudor, donde los latidos acelerados de su corazón eran una prueba de lo que acababan de hacer. De lo que se habían hecho el uno al otro.

Pero no estaban en el mismo caso. Ella estaba enamorada y él, solo la deseaba.

Súbitamente, dejó escapar una lágrima que cayó por su mejilla y terminó en la piel de Lázaro. Al darse cuenta, él la abrazó con más fuerza y besó su cabello.

Vanessa cerró los ojos e intentó concentrarse en la sensación de languidez que la arrastraba hacia el sueño. En otro momento, se habría resistido; pero en aquel, habría aceptado cualquier cosa que aliviara el dolor de su alma.

# Capítulo 13

LÁZARO no pudo olvidar lo que había sentido al notar aquella lágrima. Era una emoción que traspasaba la piel y le quemaba por dentro. Una carga terrible, porque implicaba que Vanessa no era feliz.

Durante los días posteriores, Vanessa pasó todas las noches con él y le hizo el amor con un apasionamiento que, en todos los casos, lo dejaba sin aire. La pasión que compartían era asombrosamente explosiva; pero después, ella se apartaba y se retiraba a los rincones más ocultos de su corazón.

Para sorpresa de Lázaro, siempre deseaba abrazarla cuando terminaban de hacer el amor. Quería preguntarle lo que pensaba y abrirse a ella a su vez. Nunca había sentido esa necesidad de comprender a otra persona y de que lo comprendieran a él mismo.

Pero se resistía porque solo quería que fuera feliz. Y estaba dispuesto a hacer lo que fuera necesario. Incluso había considerado la posibilidad de regalarle una galería para que pudiera exponer su obra fotográfica.

Tendría todo lo que quisiera. El dinero no sería un obstáculo.

Vanessa había empezado a estudiar, aprovechando

el tiempo libre que le quedaba después de renunciar a la dirección de Pickett Industries. En más de un sentido, estaba más relajada que nunca. Pero a veces, veía una tristeza tan profunda en sus ojos que le partía el corazón y le hacía sentirse impotente.

Lázaro le estaba dando todo lo que podía dar y, a pesar de ello, no encontraba la forma de hacerla feliz.

Apartó ese pensamiento de su mente y subió por la escalera con intención de convencerla para que pasara la tarde en la cama o, por lo menos, si no lo conseguía, de arrancarle una simple sonrisa.

La puerta de su dormitorio estaba abierta, así que entró sin llamar. Vanessa se había sentado delante del ordenador y estaba mirando unas fotografías.

–¿Has sacado alguna buena? –preguntó él.

–Oh, sí... –Vanessa se giró hacia Lázaro y le dedicó una sonrisa encantadora–. Al final del curso vamos a hacer una exposición. Yo ya conocía las técnicas que nos están enseñando, pero las lecciones son fascinantes de todas formas.

–Se nota que lo adoras...

Ella asintió.

–Sí, es cierto. ¿Y sabes otra cosa? Esta semana, el profesor nos ha ordenado que hagamos fotos de seres vivos.

–Bueno, uno de mis amigos tiene un perro. Seguro que nos puede echar una mano.

Ella volvió a sonreír.

–No, no... quiero hacerte fotos a ti.

–¿A mí?

–Exacto.

–Ya sabes lo que dicen, cariño. Contra el vicio de pedir, la virtud de no dar.

–Oh, vamos, Lázaro... –dijo en tono de súplica.

Lázaro no podía negarse. Era obvio que la idea la hacía feliz. De hecho, no la había visto tan contenta y tan relajada desde su viaje a Buenos Aires.

–Está bien. ¿Dónde?

–En la cama.

–No, no, eso no...

Vanessa se levantó de la silla, le dio un beso en la cara y le empezó a desabrochar los botones de la camisa.

–Solo quiero que te relajes un poco –dijo ella–. Siempre estás tan relajado cuando despiertas por la mañana...

–Bueno, también estoy relajado otras veces.

Ella rio.

–No, nunca.

Vanessa le agarró por el cuello de la camisa y lo arrastró hacia la cama, donde lo tumbó. Él cerró las manos sobre sus caderas y la besó con apasionamiento. En ese momento, era feliz. No estaba fingiendo. No se comportaba como si fuera su rehén.

De repente, Vanessa salió de la cama, se puso en pie, alcanzó la cámara y le empezó a hacer fotos.

–¿Qué quieres que haga? –preguntó él.

–Nada. Simplemente, mírame.

Él pensó que no habría podido dejar de mirarla en ningún caso. Era una mujer extraordinariamente bella.

Segundos después, Vanessa bajó un poco la cámara y sonrió con malicia.

–Vaya... –dijo–. ¿Puedes ponerte de perfil?
–Por supuesto.
Él obedeció y ella sacó otra fotografía.
–Anda, deja eso y ven conmigo –rogó Lázaro.
No tuvo que pedírselo dos veces. Vanessa se tumbó a su lado, encantada. Y él aprovechó la ocasión para quitarle la cámara y fotografiarla a ella.
–¿Qué estás haciendo? –protestó.
–Lo justo es justo...
Vanessa sonrió y Lázaro volvió a apretar el botón.
–Bueno, ya está bien –dijo ella mientras le besaba en el cuello.
–Querrás decir que ya está bien de fotografías, porque si te refieres a nosotros... ni siquiera hemos empezado.
El corazón de Lázaro se desbocó cuando le quitó la camiseta con un movimiento rápido, exponiendo sus pechos a su mirada. Era preciosa. Todo lo que había deseado y más de lo que se había atrevido a desear.
Cuando ya estaban completamente desnudos, él dijo:
–Dame la cámara.
Ella se ruborizó.
–No, de ningún modo.
–Vamos, Vanessa...
Vanessa sacudió la cabeza y se puso a horcajadas sobre él.
–Está bien, lo dejaremos para otro día, pero no creas que lo voy a olvidar. Quiero que la perfección de tu cuerpo quede plasmada para siempre.
Lázaro se colocó bien bajo sus piernas y la pe-

netró con un movimiento hacia arriba, al que ella respondió con un gemido de placer.

Quería ver su cara mientras se movía sobre él; quería ver sus labios entreabiertos y ver su rubor cuando se acercara al orgasmo. Quería verla más tarde, cuando cerrara los ojos y se aferrara a sus hombros, clavándole las uñas. Quería ver cada detalle, por pequeño o insignificante que fuera.

Quería darle todo. Todo lo que pudiera necesitar.

Y súbitamente, se encontró tan dominado por su propio placer que no tuvo ocasión de pensar en nada. Cuando se quiso dar cuenta, había llegado a un clímax que derrumbó hasta la última de sus defensas.

Para él, el sexo siempre había sido algo que se disfrutaba a distancia, dejándose llevar por las sensaciones pero sin carga emocional.

Sin embargo, con Vanessa era completamente distinto. Cada vez que se acostaban, desde la primera vez, Vanessa conseguía abrir otra grieta en los muros de su corazón. Y aquella noche los había derrumbado por completo.

Se sentía expuesto, vulnerable.

Y aun así, no se habría resistido en ningún caso.

Cuando terminaron de hacer el amor y ella se empezó a quedar dormida, Lázaro la abrazó con afecto.

Sabía darle placer. Sabía hacerla feliz.

Salvo por el hecho de que siempre sería el hombre que la había amenazado para que se casara con él. Vanessa estaba allí por lo que él tenía, no por lo que él era. Y el dolor se le hizo insoportable.

Además, estaba cambiando. Era como si hubiera empezado a extender las alas después de dejar la dirección de Pickett Industries. Y él, el hombre que utilizaba a la gente, que los trataba como si fueran objetos, le impedía volar.

Sin embargo, era su esposa. Y la necesitaba con toda su alma.

Porque se había enamorado de ella.


Vanessa notó el cambio de actitud de Lázaro tras su sesión fotográfica. Parecía más distante, más frío. Solo mostraba calidez cuando hacían el amor, aunque no podía negar que más que calidez, era fuego. Las llamas de su pasión se bastaban y se sobraban para consumirlos a ambos.

Pero ella era una esposa comprada, no más importante que el resto de las posesiones de Lázaro. Y eso la mataba por dentro. Quería ser especial para alguien; serlo por primera vez, porque su padre solo la había utilizado para mantener su dinastía y Lázaro, para vengarse de su padre y llegar a la cúspide social.

Quería que Lázaro la amara. Que la amara a ella, no lo que ella podía sumar a su imperio económico.

Sin embargo, Lázaro se alejaba cada vez más. E incluso de noche, cuando hacían el amor, Vanessa se sentía abandonada.

Respiró hondo y salió de su dormitorio, decidida a cambiar la situación. Se había cansado de adoptar un papel pasivo. Conocía el motivo por el que Lázaro se mostraba tan distante. O al menos, creía conocerlo.

Pero, si se equivocaba, sería devastador.

Sacó el teléfono móvil y le envió un mensaje con instrucciones específicas sobre la localización del lugar donde se iban a ver aquella noche. Si quería aliviar el dolor de Lázaro y rescatarlo del pozo en el que llevaba toda su vida, tendría que hacer algo más que dedicarle unas cuantas palabras de amor.

Sería difícil, pero merecía la pena.

Tras enviar el mensaje, alcanzó la chaqueta y se puso un jersey sobre el vestido que se había puesto, tremendamente atrevido.

Ahora, solo faltaba que Lázaro siguiera las instrucciones. Algo a lo que no estaba precisamente acostumbrado.

Aquella noche tenía que estar a su lado; porque aquella noche, Vanessa le iba a abrir su corazón. Ya había pasado el momento de protegerse. Lázaro le había dado la fuerza necesaria para conquistar su libertad.

Y tendría que afrontar las consecuencias.

Lázaro no sabía qué pensó cuando entró en el club del centro de la ciudad, lleno de humo. Le parecía una experiencia de lo más extraña, aunque tampoco le sorprendía mucho. A Vanessa le encantaban las sorpresas. Siempre estaba dispuesta a desafiarlo y a probar algo que le acelerara un poco más el corazón.

No se parecía a ninguna de las mujeres con quienes había estado.

Echó un vistazo a su alrededor, buscando a su esposa con la mirada. Y la vio segundos después, metida entre la multitud con un vestido asombrosamente escaso, de color negro, que enfatizaba las curvas más poderosas de su cuerpo.

Lázaro sintió orgullo y la necesidad de remarcar su posesión. Porque aquella mujer, la más bella del club, era suya.

Cuando llegó a su altura, Vanessa le pasó los brazos alrededor del cuello y le besó apasionada y desvergonzadamente en la boca, delante de todo el mundo.

–Baila conmigo –dijo.

No lo dijo en tono de petición, sino de orden. Una orden que Lázaro aceptó.

–Como en Buenos Aires –continuó ella.

–¿Aquí? –preguntó él, extrañado–. ¿Quieres que bailemos un tango aquí? Pero la gente nos verá...

–¿Y qué? Me enorgullece que me vean contigo.

Lázaro sintió una punzada en el corazón.

–Yo no.

Vanessa no era una gran bailarina de tango, pero bailaba con gracia y con toda la libertad que había ido conquistando durante las últimas semanas. De hecho, sonreía de un modo tan maravilloso que Lázaro pensó que esa sonrisa no podía ser para él, para el hombre que la había obligado a casarse.

Al cabo de un rato, ella dijo:

–He estado investigando sobre ciertas técnicas que podríamos utilizar en la producción de Pickett Industries. Y también he pensado que podríamos cambiar el sistema de empaquetamiento... sé que has consultado con fabricantes de materiales reciclados.

Lázaro se apartó un poco.

–¿Para eso me has pedido que venga aquí? ¿Para hablar de trabajo?

Ella le acarició los hombros.

—Por supuesto que no, pero hace días que no hablamos y quería contarte mi idea. Costaría poco y el beneficio sería grande.

Lázaro se sintió como si le hubieran dado un puñetazo en el estómago. Durante unos momentos, había pensado que estaba conquistando el corazón de su esposa; pero la mención de Pickett Industries le hizo creer que había fracasado y que, para ella, aquel matrimonio solo era una forma de salvar los empleos de los trabajadores de la empresa.

Su expresión se volvió tan taciturna que Vanessa se preocupó.

—¿Lázaro?

Él no dijo nada. Se limitó a salir de la pista de baile y del local. Necesitaba aire fresco. Necesitaba alejarse de la música y de la gente.

Vanessa apareció enseguida.

—¿Qué pasa, Lázaro?

—¿A qué viene esto, Vanessa? ¿Estás jugando conmigo? ¿Intentas seducirme para que invierta más dinero en Pickett Industries?

Vanessa lo miró con asombro.

—¿Cómo?

—¿Por qué me has traído aquí?

—Porque... porque quería bailar contigo —respondió, mirándolo bajo la luz de la luna—. Porque te echaba mucho de menos.

—Pero si estoy contigo todos los días...

Ella sacudió la cabeza.

—Estás sin estar. Es como si te hubieras alejado de mí, como si te hubieras escondido y no pudiera alcanzarte.

—No estoy seguro de lo que quieres decir, Vanessa. He cumplido mi parte del trato y, hasta donde sé, he conseguido que no seas infeliz. Incluso te estoy pagando los cursos de fotografía... ¿Qué quieres que piense? Debo suponer que estás molesta porque no he invertido más dinero en Pickett.

—Sabes perfectamente lo que quiero decir. No eres estúpido, Lázaro, nunca lo has sido. Así que no finjas ahora.

—No te comprendo...

—Finges que todo está bien, pero no es verdad.

—Todo está bien y todo estará bien mientras respetemos los términos de nuestro acuerdo. La empresa se salvará, los trabajadores mantendrán sus empleos y yo tendré lo que siempre quise —declaró.

—¿Venganza y poder social?

—Nunca ha habido otra cosa.

—¿Nunca?

—No.

Ella sacudió la cabeza.

—Ya tengo lo que quería, Vanessa —siguió hablando—. Hasta me han invitado a ser socio del club de campo de tu padre... he conseguido contactos profesionales que no habría conseguido sin nuestro matrimonio.

Vanessa palideció.

—¿Adónde quieres llegar con eso?

—A que ya no hace falta que sigamos casados.

—¿Que ya no hace falta?

—Ya tengo lo que quería —repitió, mintiendo por segunda vez—. No tiene sentido que sigamos con esta farsa. Si quieres el divorcio, lo tendrás.

Vanessa perdió la paciencia.

–¡Maldito canalla! ¿Me arrastras al altar y me obligas a casarme para ofrecerme el divorcio un mes después? ¿Qué es esto, Lázaro? ¿Tu último golpe antes de destrozar la empresa de mi padre y de obtener la venganza que querías?

La ira de Vanessa solo sirvió para que Lázaro se reafirmara en la decisión que había tomado. Quería a aquella mujer. No podía permitir que siguiera casada con un hombre al que, en el fondo, detestaba.

–Sería de lo más poético, ¿no crees? –ironizó.

–No, no lo sería en absoluto.

–¿Por qué no?

–Porque te amo, Lázaro.

Si antes se había sentido como si le hubieran dado un puñetazo en el estómago, ahora se sintió como si le hubieran partido por la mitad.

Jamás lo habría imaginado.

Creía que Vanessa le odiaba y, de repente, le confesaba que se había enamorado de él. No podía ser cierto. Tenía que ser un sueño.

–No, Vanessa...

–Sí.

–No... yo no quiero tu amor.

–Ni me quieres a mí, ¿verdad? ¿Lo tenías planeado desde el principio? ¿Apartarme de la dirección de Pickett Industries para destruirla después?

Lázaro sacudió la cabeza.

–Ni voy a destruir Pickett ni tengo intención de faltar a nuestros compromisos. Solo te estaba diciendo que nuestro matrimonio ya no es necesario; que puedes tener el divorcio cuando lo quieras.

Ella tragó saliva.

–¿Tú quieres que nos divorciemos?

Lázaro mintió.

–Supongo que sería lo mejor.

Vanessa apretó los dientes, desesperada.

–Muy bien, como quieras.

–¿No estás contenta? Pensé que te alegrarías...

Ella ni siquiera se molestó en responder. Solo dijo:

–Me voy a casa.

–¿A nuestra casa?

–No. A la mía.

–De acuerdo... me encargaré de que te envíen tus pertenencias a primera hora de la mañana –le prometió.

–Ya no estaré allí.

Lázaro asintió.

–Es lo mejor para ambos, Vanessa.

Ella se mordió el labio inferior.

–Adiós, Lázaro.

Él no fue capaz de pronunciar una despedida. No podía hablar. Solo pudo apartarse de ella y alejarse calle abajo, sintiéndose más solo que nunca.


El piso de Lázaro estaba vacío cuando llegó a él. Sabía que estaría así, pero en el fondo de su corazón albergaba la esperanza de que Vanessa hubiera cambiado de parecer.

Sin embargo, Vanessa no tenía motivos para ello. Lázaro sabía que, con sus mentiras, había destrozado cualquier oportunidad de conquistar su amor. De hecho, solo había sincero con ella en dos cosas, en que le habían invitado a ser socio del club de Michael y en que ahora tenía contactos con clientes nuevos.

Se sirvió un whisky doble y salió a la terraza, esperando que el alcohol y el aire fresco mejoraran su humor.

Pero no sirvieron de nada.

Por fin, había llegado a lo más alto. El mundo estaba a sus pies. Y, sin embargo, no tenía el menor sentimiento de triunfo. El dulzor de la victoria le sabía a ceniza.

En ese momento habría dado cualquier cosa por volver a ser el chico que se había enamorado de una chica llamada Vanessa Pickett; habría dado cualquier cosa por convertirse en un hombre digno de ella.

Lamentablemente, era demasiado tarde. Había conquistado el mundo y había perdido lo único que le importaba.

# Capítulo 14

FIEL A SU palabra, Lázaro le envió sus pertenencias a la casa; pero Vanessa las dejó en las cajas, con las que tropezaba todos los días y de las que solo se acordaba entonces y cuando necesitaba sacar algo.

Se sentía derrotada y profundamente herida. Si hubiera sido posible, habría arrancado a Lázaro de su corazón. Pero no lo era, porque sabía que en Lázaro había mucho más que la ambición de un hombre despiadado. Estaba segura. Lo había visto. De otro modo, jamás la habría animado a estudiar Fotografía ni le habría regalado una cámara ni le habría hecho el amor con tanta ternura y tanta pasión.

En realidad, Lázaro la había ayudado a liberarse de una vida de esclavitud. Le había dado fuerza y le había devuelto su libertad.

Respiró hondo y derramó una lágrima solitaria.

–Esto pasará –se dijo en voz alta al cruzar el solitario salón.

Y justo entonces, alguien llamó a la puerta.

–¿Vanessa?

Cuando reconoció la voz de Lázaro, se quedó sin aliento; pero intentó mantener la calma y abrió la puerta tan deprisa como pudo.

–Lázaro... no te esperaba.
–Tengo algo para ti.
Lázaro entró en la casa.
–¿Qué es? ¿Los papeles del divorcio?
–Sí, tengo los papeles conmigo, pero no es eso.
–¿Ah, no?
Él carraspeó con nerviosismo y se pasó una mano por el pelo.
–Tengo que decirte algo importante. Desde que aquella noche recobré la consciencia en el callejón, no he hecho otra cosa que intentar llegar a lo más alto. Y lo conseguí, Vanessa, lo conseguí.
–Lo sé.
–Pero no lo sabes todo. En algún momento del proceso, me he dado cuenta de que en realidad no he conseguido nada.... porque estoy solo. Te usé como si fueras un vulgar escalón. Te obligué a casarte conmigo. Es imperdonable.
Vanessa lo miró con dolor.
–Lázaro...
–No, no intentes justificarme. Yo era más rico a los dieciocho años, porque significaba algo para ti, porque me sonreías... pero ahora ya no hay luz en tus ojos. Me has abandonado.
–Porque tú me lo pediste.
–Fui un estúpido. Quise salir a buscarte, pedirte que te quedaras conmigo, y no tuve el valor de hacerlo.
–Pero yo creía que solo me querías por mi posición social... Quería ser especial para ti, quería tu amor, pero cuando me dijiste lo del divorcio...
Lázaro dio un paso adelante y la tomó de la mano.
–Siento haberte hecho sentir así. Siento haber sido

tan idiota. No me había dado cuenta, Vanessa. Pensé que no estaría completo hasta conseguir dinero, poder y posición social. Pensé que todo sería perfecto cuando escapara de la pobreza, pero no lo es... estoy más hundido que nunca. He perdido mi alma y mi corazón por el camino. Me he convertido en un hombre que hasta yo mismo detesto.

Lázaro llevó una mano al bolsillo de la chaqueta y sacó unos documentos.

—Esto es todo lo que tengo, todas las acciones de Pickett Industries, todo mi dinero y todas mis propiedades... ahora son tuyas, Vanessa, porque no significan nada si no te tengo a ti. Y no es un gesto vano. Si quieres que me vaya, me iré y te dejaré todo lo que he conseguido durante doce años.

Vanessa miró los documentos.

—¿Y los papeles del divorcio?

—También están aquí. Si los quieres, son tuyos... pero si decides quedarte conmigo, tendrá que ser porque me quieras a mí. A fin de cuentas, el resto ya es de tu propiedad. Pickett Industries está a salvo. Ya no me necesitas para eso.

—Pero es todo lo que tienes...

Él sacudió la cabeza.

—No es nada. Pensé que lo era, pero no lo es —afirmó—. ¿Y sabes lo que se siente al descubrir que he estado persiguiendo una ambición vacía? ¿Que nunca había sido tan infeliz como ahora? Es espantoso.

Lázaro le acarició una mejilla y siguió hablando.

—Te amo por ti, Vanessa, por lo que tú eres. He estado enamorado de ti desde que te vi por primera vez con aquel biquini rosa, y estaré enamorado de mí hasta mi último aliento.

Vanessa tomó los documentos que le había ofrecido, pero solo para dejarlos en la mesita del vestíbulo y abrazarse a él. Sus ojos se habían llenado de lágrimas.

–Te amo, Lázaro.
–¿Me amas?
–Al igual que tú. Desde siempre y para siempre.
–Qué tonto he sido... ¿sabes por qué te dije esas cosas la noche del club? Porque pensé que no me amabas y no quería condenarte a un matrimonio sin amor.
–Pues te amo, Lázaro Marino. Te amo a ti. No amo tu posición ni cuenta bancaria. Amo todo lo que eres y todo lo que llegarás a ser.

Vanessa se puso de puntillas y le dio un beso antes de añadir:

–No quiero esos documentos. Y por supuesto, tampoco quiero los papeles del divorcio. Solo te quiero a ti.
–Me haces tan feliz, Vanessa...

Ella le acarició.

–Hemos perdido tantos años, Lázaro...
–No sé si yo podía ser el hombre que tú merecías cuando nos conocimos –le confesó–. A decir verdad, ni siquiera lo era hace veinticuatro horas. Y no estoy seguro de serlo hoy.
–Por supuesto que lo eres. Eres el hombre que necesito. El hombre que me ha hecho más fuerte y me ha ayudado a ser quien soy.
–Como tú conmigo, Vanessa. Tú me has hecho mejor... ¿Y sabes una cosa? –añadió, sonriendo–. He

rechazado la invitación a ser socio del club de tu padre.

—No es necesario que la rechaces.

—Pero es lo que quiero. No voy a hacer negocios con hombres tan crueles como esos. Además, no lo necesito... Porque te amo, Vanessa Pickett. No porque me interese tu apellido, sino porque te amo.

Vanessa sonrió. Estaba tan contenta que habría podido estallar de alegría. Todo el dolor había desaparecido y, por primera vez en su vida, se sentía completa.

—Me alegra saber que mi apellido no te interesa, porque me lo voy a cambiar. Vanesa Marino me gusta más que Vanessa Pickett. Ahora somos familia. Y quiero que todos sepan lo orgullosa que me siento de ser tu mujer.

—Vanessa Marino... —repitió él—. Me siento honrado.

Ella le tocó la mejilla.

—El honor es todo mío.

# Epílogo

LOS TRES años anteriores habían sido los más felices de la vida de Vanessa. Se sentía como si Lázaro y ella estuvieran recuperando el tiempo perdido y cerrando todas las heridas. El pasado ya no era un tiempo lleno de dolor.

Respiró hondo y echó un vistazo a la galería. Era su primera exposición fotográfica. Podría haber expuesto antes de haber querido, pero había esperado porque tenía que ganarse el derecho a exponer su obra, sin aprovecharse de su apellido de soltera ni del poder de su esposo en la comunidad.

Y la fotografía que más le gustaba a la gente, también era la que más le gustaba a ella. La de Lázaro en la cama, de perfil, medio desnudo.

Se acercó a la foto y la miró.

–Ese es el hombre al que amo...

Lázaro se acercó a ella y le pasó un brazo alrededor de la cintura.

–Y tú eres la mujer de la que estoy enamorado.

–Lo sé.

Lázaro sonrió.

–Siempre tan segura de ti misma...

–No. Segura de ti.

Era verdad. Durante los tres años transcurridos,

Lázaro le había demostrado de mil formas distintas lo mucho que la amaba.

–¿Te he dicho ya que estoy orgulloso de ti? –preguntó él.

–Sí, unas cien veces; pero me lo puedes repetir si quieres –dijo con humor.

–Pues me siento orgulloso de ti... –Lázaro la tomó entre sus brazos–. Por todo lo que has conseguido y por todo lo que eres.

Los ojos de Vanessa se llenaron de lágrimas.

–El sentimiento es mutuo, Lázaro. Al cien por cien.

# Bianca

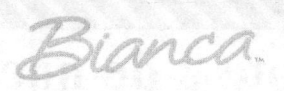

**Un Ferrara no debería acostarse nunca con una Baracchi aunque hubiera mucho en juego**

Para su frustración, Santo Ferrara nunca olvidó la noche que tuvo entre sus brazos a la ardiente Fia Baracchi. Cuando un acuerdo millonario les volvió a unir, mantener las distancias dejó de ser una opción.

Pero Fia estaba viviendo una mentira. Si se llegara a descubrir que su precioso hijo era el heredero de Santo sería repudiada. El conflicto entre sus familias era legendario, pero su verdadero miedo era no poder olvidar los ardientes recuerdos de la única noche que pasó con su enemigo.

Una noche con el enemigo

Sarah Morgan

¡YA EN TU PUNTO DE VENTA!

# Acepte 2 de nuestras mejores novelas de amor GRATIS

## ¡Y reciba un regalo sorpresa!

### Oferta especial de tiempo limitado

**Rellene el cupón y envíelo a**
**Harlequin Reader Service®**
3010 Walden Ave.
P.O. Box 1867
Buffalo, N.Y. 14240-1867

**¡Sí!** Por favor, envíenme 2 novelas de amor de Harlequin (1 Bianca® y 1 Deseo®) gratis, más el regalo sorpresa. Luego remítanme 4 novelas nuevas todos los meses, las cuales recibiré mucho antes de que aparezcan en librerías, y factúrenme al bajo precio de $3,24 cada una, más $0,25 por envío e impuesto de ventas, si corresponde*. Este es el precio total, y es un ahorro de casi el 20% sobre el precio de portada. !Una oferta excelente! Entiendo que el hecho de aceptar estos libros y el regalo no me obliga en forma alguna a la compra de libros adicionales. Y también que puedo devolver cualquier envío y cancelar en cualquier momento. Aún si decido no comprar ningún otro libro de Harlequin, los 2 libros gratis y el regalo sorpresa son míos para siempre.

416 LBN DU7N

| Nombre y apellido | (Por favor, letra de molde) | |
|---|---|---|
| Dirección | Apartamento No. | |
| Ciudad | Estado | Zona postal |

Esta oferta se limita a un pedido por hogar y no está disponible para los subscriptores actuales de Deseo® y Bianca®.
*Los términos y precios quedan sujetos a cambios sin aviso previo.
Impuestos de ventas aplican en N.Y.

SPN-03 ©2003 Harlequin Enterprises Limited

# Deseo

## Un toque de persuasión
### JANICE MAYNARD

Olivia Delgado había sido abandonada por el hombre que amaba, un hombre que nunca existió. El multimillonario aventurero Kieran Wolff se había presentado con un nombre falso, le había hecho el amor y luego había desaparecido. Seis años después, no solo había regresado reclamando conocer a la hija de ambos, sino también intentando seducir a Olivia para que volviera a su cama.

La pasión, aún latente entre ambos, amenazaba con minar el sentido común de la joven. ¿Podría confiar en él en esa ocasión o seguiría siendo un lobo con piel de cordero?

*Siempre supo que ese día llegaría*

## ¡YA EN TU PUNTO DE VENTA!

## Bianca

**Max era el número uno: en los negocios y en el amor.**

Antes de que el escándalo salpicara a la estrella de su serie de televisión, el millonario Maximilian Hart apartó a la bella e inocente Chloe de los periodistas sensacionalistas. ¿Y qué mejor escondite que su mansión?

Pero el plan del apuesto magnate no se limitaba a proteger su inversión... ¡la quería en su cama!

Él la había apartado del peligro, pero Chloe se vio sumida en otro aún mayor: Max era el mejor, tanto en los negocios como en la seducción.

**Experto en seducción**

**Emma Darcy**

¡YA EN TU PUNTO DE VENTA!